꽃잎이 떨어져도
꽃은 지지 않네

꽃잎이 떨어져도
꽃은 지지 않네

법정과 최인호의 산방 대담

여백

이 책은 작가 최인호가 생전에 법정 스님의 3주기와 4주기에 맞추어 출간하려 했습니다. 하지만 작가는 건강상의 문제로 이 일을 미루어 두다가 끝내 뜻을 이루지 못하고 선종하였습니다. 작가는 병이 깊은 중에도 법정 스님의 입적 시기를 전후해 책을 펴내라는 유지를 남겼습니다. 진중하고 향기로운 서(書)·언(言)·행(行)으로 많은 가르침을 남기신 법정 스님과의 인연을 이 한 권의 책에 담고자 했던 간절한 마음이었을 것입니다.

이 책의 제목과 구성은 최인호 작가의 뜻을 그대로 살린 것임을 밝힙니다.

2부
백년의 명상
한 마디의 말

2010년 3월 중순, 나는 시인 함 군을 부추겨 한낮에 성북동에 있는 길상사를 찾았다. 나에게는 무리한 외출이었다. 2009년 10월부터 시작된 항암 치료가 이미 5차에 걸쳐 시행되었고, 내 몸과 마음은 지칠 대로 지쳐 있었다. 총 6차에 걸쳐 하나의 사이클을 이루는 치료는 어느덧 막바지에 이르러 한 차례만 남기고 있었지만 나는 이 끝 간 데를 모르는 투병 생활에서 어디론가 도망치고 싶다는 절박한 벼랑 끝에 선 심정이었다.

내가 길상사를 찾으려 했던 것은 법정 스님 때문이었다. 성모병원 병상에 누워 있을 때 나는 스님의 열반 소식을 들었다. 뉴스를 전해 들은 순간, 드디어 올 것이 왔구나 하는 느낌을 받았을 뿐 마음은 담담했다. 오래전부터 나는 스님이 폐암을 앓고 있다는 은밀한 소문을 전해 듣고 있었다. 미국의 저명한 병원에서 수술을 했다는 소문과 함께 날이 갈수록 병세가 악화되어 제주도로, 지방으로 요양 중이라는 소문도 귀에서 귀로 전해 듣고 있어 스님을 걱정하면서도 마음 한편으로는 워낙 강인하고 올곧은 분이라 병마쯤이야 거뜬히 물리칠 수 있을 것이라고 낙관하고 있었던 것이다.

그러나 허무하게도 입적하셨다는 뉴스를 입원실 텔레비전을 통해 본 순간 언젠가 보았던 사진작가 주명덕 씨가 찍었던 법정 스님의 뒷모습이 떠올랐다. 온다 간다는 문안 인사나 작별 인사도 없이 홀쩍 소매를 떨치고 빈자리만 남기고 사라지던 밀짚 모자를 쓴 법정 스님의 뒷모습. 그는 지금 그 뒷모습으로 긴 그림자를 떨치며 이승의 생애에서 피안(彼岸)의 바라밀다로 떠나가고 있는 것이다.

법정(法頂), 평생 동안 무소유(無所有)를 소유하려 하였던 서슬 퍼런 수행자.

스님의 첫 번째 저서가 『무소유』로, 이 책이 스테디셀러가 됨으로써 법정 스님은 무소유의 대명사로 불리게 되었으며, 『무소유』를 시작으로 수십 권의 주옥같은 베스트셀러들을 펴내게 되었던 것이다.

일찍이 부처는 말씀하셨다.

"이 세상에 영원히 존재하는 것은 없다. 실체도 없는 '나'에 집착하면 항상 근심과 고통이 생기는 법이다. 내가 있다면 내 것이 있을 것이고 내 것이 있다면 내가 있을 것이다. 그러나 나와 내 것은 어디서도 찾을 수가 없다. 그러므로 너희들은 너희 것이 아닌 나를 버려라. 그것을 버리면 영원한 평안을 느낄 것이다.

너의 것이 아닌 것이 무엇인가. 물질은 너희 것이 아니다. 그 물질을 버려라. 감각은 너희 것이 아니다. 그 감각을 버려라. 생각은 너희 것이 아니다. 그 생각을 버려라. 의지 작용(意志作用)은 너희 것이 아니다. 그 의지 작용을 버려라. 의식은 너희 것이 아니다. 그 의식을 버려라."

법정 스님과 생전에 깊은 우정을 나누었던 김수환 추기경도 부처의 가르침을 철저히 지켜 나가는 수행 태도를 본받아 이렇게 말하지 않았던가.

"내가 한 가지 갖고 싶은 것이 있다면 바로 법정 스님의 '무소유'를 '소유'하고 싶다."

공교롭게도 김수환 추기경과 법정 스님, 오늘을 사는 우리의 정신적 지주였던 두 거인은 1년이라는 시차를 두고 앞서거니 뒤서거니 하면서 다정스럽게 손을 잡고 우리의 곁을 떠난 것이다.

입적 소식을 뉴스로 본 순간, 나는 퇴원하면 곧바로 길상사로 찾아가 문상하리라 생각했다. 함 군은 내가 법정 스님을 문상하겠다고 말하자 두 가지 이유를 들어 이를 만류했다. 하나는 내가 곧바로 퇴원했으므로 아직 외출을 할 만큼 몸이 회복되지 않았고, 또 한 가지 이유는 그 무렵의 특수한 사정 때문이었다.

새해를 맞자마자 느닷없이 신문을 비롯한 각종 매스컴에서 나에 관한 기사와 뉴스가 한꺼번에 쏟아져 나오기 시작했다. 내가 곧 세상을 떠날 만큼 위독하며 그때 마침 나온 신간 『인연』이라는 책이 나의 마지막 유작이라는 것이었다. 덕분에 책은 잘

팔릴 줄은 몰라도 정말 견딜 수 없는 헛소문들이었다. 어떤 신문사의 여기자는 아파트의 경비원을 속이고 집까지 쳐들어와 내 건강 상태를 직접 확인하고 돌아가야 한다고 떼를 써서 아내와 둘이서 문 밖에서 한바탕 실랑이를 벌이기도 했다. 마침내 KBS의 7시, 9시 두 뉴스 시간에 동시에, 세상을 떠나기에 앞서 책을 낸 작가 최인호가 (내가 쓴 소설의 내용을 인용해서) '다시 한 번 일어서고 싶다고 절규하였다'는 감상적인 내용을 보도함으로써 우리 집 전화기는 갑자기 불이 붙기 시작했다.

상하이의 딸아이는 울면서 전화를 걸어왔다. 직접 한 신문사에 전화를 걸어 '마지막 유작'이라는 내용을 인터넷에서 삭제해 줄 것을 요구했다고 했다. 딸아이는 화가 나서 소리를 질러 대며 울부짖고 있었다.

"출판사에서 책을 팔아먹기 위해서 언론 플레이 했던 거 아냐? 멀쩡한 사람을 두고 왜 난리들이야. 내 친구들로부터 얼마만큼 전화가 왔는지 알아?"

나는 맥이 풀렸다.

나는 절대로 투병 사실이 보도될 만큼 유명한 사람도 아니고 화제의 인물도 아니다. 그런데 한 번도 아니고 두 번씩이나 언론에서 내가 암에 걸렸던 사실을 마치 생중계하듯 보도하고 있는 이유는 도대체 무엇 때문인가. 물론 유명 인사의 투병 사실이 사람들에게 대리 만족을 준다는 사실을 모르지는 않는다. 쯧쯧쯧 안됐군, 하는 연민의 대상을 주위에서 발견하는 것은 지친 소시민들에게 심리적 위안이 될 수도 있다. 그러나 막상 그러한 집중 폭격을 맞는 당사자는 물론 특히 그 가족들은 치명적인 상처를 입게 되는 것이다.

남에게 불쌍한 사람, 동정 받는 사람 취급 받는 것도 불쾌한 일이며, 마찬가지로 '당신은 강하잖아. 이길 수 있어.', '기도할게요.', '파이팅!'과 같은 격려의 말도 부담스러운 관심인 것이다.

내가 바라는 것은 그저 나만의 고통 속에서, 나만의 병 속에서, 나만의 고독 속에서, 나 혼자만의 무장 해제 속에서, 내 두려움 속에서, 근심과 번민 속에서, 내 불면증 속에서, 내 눈물 속에서 인생을 생각하고, 생각하고, 생각하고, 또 생각하고, 때로는 희망과 절망 속에서, 무인도 속에서, 과거를 돌이켜보는 준엄한 재판정에서, 탈주가 불가능한 감옥소 속에서, 감옥소의 독방 속에서, 그 절대의 구속과 자유 속에서, 어둠의 죄 속에서, 나만의 십자가 속에서, 부모가 태어나기 전의 세계 속에서, 천지가 갈라지기 전의 세계 속에서, 천지창조의 시원 속에서, 어머니의 자궁에 들어 있는 모습 그대로, 혹은 이제 막 자궁 밖으로 튀어나오려는 신생아처럼 혼자서 지내고 싶은 그 절대적 존재의 역설적인 자유로움이었던 것이다. 그런데 그러한 소망이 매스컴의 무차별한 폭격 속에서 단번에 파괴되어 버린 것이다.

딸아이의 마음을 달래기 위해 단 한 군데 KBS 보도국에 항의 전화를 걸고 정정 뉴스를 보도하겠다는 약속과 함께 직접 상하이에 있는 딸아이에게 전화를 걸어 사과하겠다는(담당 기자의 그 정의로운 기자 정신에 뒤늦게 감사를 드린다) 적극적인 마무리를 한 후 나는 수면제를 한 알 입에 털어 넣고 일찌감치

잠을 청했다. 잠을 청하고 있는 동안 문득 성경의 한 구절이 떠올랐다.

"(…)누가 오른뺨을 치거든 왼뺨까지 돌려대고, 또 재판에 걸어 속옷을 가지려 하거든 겉옷까지도 내 주거라. 누가 억지로 오 리를 가자고 하거든 십 리를 같이 가 주거라. 달라는 사람에게 주고 사람의 정을 물리치지 말아라."

순간 마음이 확 밝아지는 느낌이었다.

그래 맞았어.

나는 소리 내어 중얼거렸다.

누가 오른뺨을 때리면 왼뺨도 돌려 주자. 또 속옷을 가지려 하면 겉옷도 내주자. 때리고 싶으면 때리라지. 나를 특별히 미워해서 때리겠느냐, 때릴 만하니 때리겠지. 오 리를 억지로 가자고? 그래 십 리를 함께 가 주마. 갖고 싶으면 내 옷 모두를 가져가거라. 어차피 그것은 껍질에 불과한 것. 옷이란 의상이며 허명에 불가한 것이 아니겠느냐.

그날 밤 나는 평화롭게 잠이 들었다. 그 이후부터 나는 매스컴의 집중 포화로부터 어느 정도 자유로워질 수 있게 되었다.

그러나 함 군은 내가 함께 길상사에 가자고 말했을 때, 특히 매스컴의 이유를 들어 반대했다. 아직 시기상조라는 것이었다.

법정 스님이 입적한 지 며칠 안 되었으므로 각종 매스컴들이 연신 법정 스님의 동정을 보도하고 있었고, 유언으로 남긴 자신의 모든 출판물을 절판시켜 달라는 뜻밖의 당부 때문에 화젯거리는 물론 거의 모든 법정 스님의 책이 한꺼번에 베스트셀러에 오르는 반작용까지 일어나고 있었던 것이다.

그뿐인가.

스님은 1971년에 쓴 「미리 쓰는 유서」라는 수필에서 이렇게 쓴 적이 있었다.

"내가 죽을 때는 가진 것이 없을 것이므로 무엇을 누구에게 전한다고 번거로운 일도 없을 것이다. '본래무일물(本來無一物)'은 우리 절 사문의 소유 관념이다. 그래도 혹시 평소에 즐겨 읽던 책이 내 머리맡에 몇 권 남아 있다면 아침저녁으로 '신문이요.' 하고 나를 찾아오던 꼬마에게 주고 싶다."

40년 전 쓴 법정 스님의 글 내용은 하나의 수상에 지나지 않는다. 그러나 그의 뜻을 지켜 나가려는 법제자들은 수필의 내용대로 '아침저녁으로 신문 배달을 하던 꼬마'를 찾아서 스님의 말씀대로 남긴 몇 권의 책을 물려주고 싶은 모양이었다. 화젯거리를 찾아 혈안이 되어 있는 방송에서 이런 식의 에피소드를 놓칠리 만무했다. 거의 모든 신문이나 매스컴들이 연일 법정 스님에 대해 보도하고 있는데 이럴 때 굳이 문상을 갈 이유가 어디 있느냐는 것이었다.

그러나 나는 털모자를 눌러쓰고 운전대를 잡은 함 군에게 단호하게 말했다.

"가 보자구. 돌아오는 한이 있더라도 일단 가 보자구."

과연 함 군의 말대로 길상사 입구에는 방송국의 촬영 팀들이 경내의 이곳저곳을 스케치하고 있었고 문상객들이 길상사 입구 쪽에 새로 지은 건물 앞에 길게 줄을 서고 있었다. 주차장에 차를 세우고 경내에 들어서자 춘삼월이라곤 하지만 아직 쌀쌀하고 매운 한기가 몸을 저미는 불사춘(不似春)이었다. 그나마 완연한 봄 햇살의 양광(陽光)이 한때 술과 고기 냄새가 진동하는 음식점이었던 길상사의 경내를 부드럽게 어루만지고 있었다.

길상사에 올 때마다 나는 격세지감을 느끼고 있었다. 법정 스님에 의해서 사찰이 세워지기 전 이곳은 대표적인 고급 요릿집이었다. 이름이 대원각이었던가. 나는 계곡에 자리 잡은 암자 형태의 별채에서 많은 사람들과 고기를 굽고 술을 마셨다. 요릿집 이전에는 유명한 요정. 깔깔대던 웃음소리와 기생의 분 냄새가 요란하던 유곽(遊廓)이 아니었던가. 술과 춤과 노래와 육체의 쾌락이 난무하던 화류항(花柳巷)이 부처님이 안치된 절집으로 변하였구나.

경허는 깨닫고 나서 다음과 같은 오도송을 남긴다.

"세속과 청산은 어느 것이 옳으냐. 봄볕 비추는 곳에 꽃피지 않는 곳이 없구나(世與靑山何者是 春光無處不開花)."

길상사를 둘러싼 언덕길을 올라가면서 봄볕(春光)을 가득히 받으니 내가 가장 좋아하는 경허의 선시가 가슴을 찔렀다.

그래, 맞았어. 세속과 청산을 따져 무엇 하겠는가. 길상사건 대원각이건 굳이 어느 쪽이 옳은가 따져 무엇 하겠는가. 봄볕이 비추면 꽃피지 않는 곳이 없지 않는가. 꽃피는 곳마다 부처 역시 살아나고 있는 것. 봄볕이 비추는 곳을 찾아갈 일이지 굳이 세속과 청산을 구분할 이유가 어디 있겠는가.

"선생님, 제 옆에 바짝 서세요."

경내를 스케치하고 있던 카메라 팀을 보자 함 군이 내 팔을 부축하면서 낮은 소리로 말했다. 나는 키득키득 웃으며 말하였다.

"무소유라더니 스님은 도대체 뭐가 그리 남긴 것이 많아? 도마뱀처럼 꼬리를 남기고 돌아가셨으니 저처럼 난리들이지. 왜, 그렇지 않은가? 도마뱀이 사라져도 꼬리는 계속해서 꿈틀대고 있지 않느냐 말이야."

허기야 경허는 말년에 자신의 모든 것을 버리고 함경도의 삼수갑산으로 무애 행을 떠나면서 의미심장한 칠언절(七言絶)을 남긴다.

안다는 것 얕은 소견 이름만 높아가고
세상은 위태롭고 어지럽기만 하구나.
모를 일이여,
어느 곳에 가서 몸을 감출 것인가.
어촌이나 술집 그 어느 곳에 처소가 없겠냐마는
이름을 감출수록 이름이 더욱 새로워질까
다만 그를 두려워하노라.

경허의 시는 절대의 진리다.

경허의 노래처럼 숨으면 숨을수록 진신(眞身)은 드러나고 '이름을 감추면 감출수록 이름은 더욱 새로워지는 것(匿名益身)'이다.

법정 스님은 무소유를 그처럼 철저히 수계해 나갔으므로 오히려 그가 남긴 발자취의 그림자는 저처럼 더욱더 새로워지는 것이다.

나는 법정 스님의 유골이 안치된 건물 앞으로 다가가 줄지어 선 문상객 뒤에 따라 섰다. 다행히 나를 알아보거나 주시하는 사람은 없었다.

차례가 되어 신발을 벗고 건물 안으로 들어서자 널찍한 법당 구석구석에 방석을 깔고 앉아 있는 사람들의 모습이 보였다. 한쪽 벽면에는 대형 스크린이 설치되어 있었고 생전에 대중을 향해 설법을 하던 스님의 모습이 방영되고 있었다. 빠르고 카랑카랑하던 스님의 목소리가 스피커에서 흘러나오고 있었고, 문상객들은 묵묵히 그 모습을 지켜보고 있었다. 대부분 여신도들이었는데 개중에는 눈가에 맺힌 눈물을 손등으로 씻어 내리는 사람들도 있었다.

나는 차례를 기다리며 중앙에 안치된 법정 스님의 영정을 바라보았다. 약간 미소를 띤 것 같기도 하고 냉소적인 표정으로 무엇인가를 날카로운 눈빛으로 쳐다보는 것 같기도 한 법정 스님 특유의 표정을 본 순간 나는 문득 낯이 설었다.

차라리 영정 사진이 없었으면 좋았을 것을. 스님에게 영정이 무슨 소용이라 말인가. 깨끗하게 무(無) 자체로 돌아가고 싶다는 법정의 유언 앞에 저 꼴불견의 사진은 무엇인가.

일찍이 만공(滿空) 스님은 입적을 앞두고 시자들에게 물을 떠오라 이른다. 시자들이 목욕물을 떠오자 스스로 평생토록 입던 육신의 옷을 씻어 내린 후 깨끗한 옷으로 갈아입는다. 깨끗한 옷으로 갈아입고 안좌한 후 거울을 가져오라고 이른다. 시자가 거울을 가져오자 만공은 물끄러미 거울에 비친 자신의 모습을 바라보며 껄껄 웃으며 말하였다.

"자네와 내가 이별할 인연이 되었나 보구려. 그럼 잘 있게. 그동안 고마웠네."

그렇다.

죽은 영정의 사진은 법정 스님이 평생 동안 빌려 쓴 가면에 지나지 않는다. 그러므로 저 가면의 얼굴이 스님의 진면목은 아닌 것이다. 아니다. 법정이란 이름도 진아(眞我)를 가리키는 것은 아니다. 그 또한 허명에 불과한 것이다.

불교 최고의 고불(古佛)이자 법정 스님이 존경하던 조주 스님은 일찍이 죽은 사람을 좇아가는 장례 행렬을 보며 한탄하지 않았던가.

"한 사람의 산 사람을 수많은 죽은 사람이 좇아가고 있구나."

조주 스님의 말대로 법정 스님은 과연 죽었는가. 아니다. 조주의 말이 옳다면 법정은 죽어서 산사람이 되었다. 무한극수(無限極數)의 수명을 가져서 죽으려야 죽을 수 없는 금강불괴신(金剛佛壞身)의 법정이 어찌 죽을 수 있단 말인가. 오히려 죽어 있는 사람은 배를 올리기 위해서 차례를 기다리고 있는 나를 비롯한 모든 사람들이 아닐 것인가.

마침내 차례가 되어서 나는 배를 올리며 마음속으로 기원하였다.

"어쨌든 안녕히 가십시오. 스님과의 인연에 깊은 감사의 인사를 드립니다."

짧은 문상을 끝내고 나는 방석을 깔고 한쪽 구석으로 밀려나 물끄러미 스크린에 비치는 스님의 모습과 영정 사진을 번갈아보면서 깊은 상념에 잠겼다.

생전에 나는 법정 스님과 각별한 인연을 맺은 적은 없다. 만난 것도 열 번 남짓에 지나지 않을 만큼 드문 횟수였다. 처음 만났던 것이 아마도 1980년대 초반으로 기억된다.

법정 스님이 쓴 각종 글과 떠도는 풍문으로 스님의 이름을 익히 알고 있었다. 그 무렵에는 송광사 뒤편에 작은 '불일암'이란 암자를 짓고 은거 생활을 하고 있었던 것 같은데, 스님에 대한 소문은 봉은사에서 기거하던 1970년대 초반 『무소유』 시절부터 듣고 있었다.

그때는 다리가 개통되지 않아 스님을 만나려면 뚝섬에서 나룻배를 타고 강을 건너 봉은사를 찾아가야 했을 만큼 먼 거리였다. 어느 날 스님을 찾아갔다 온 어떤 여인이 내게 이렇게 말했던 것이 기억난다.

"봉은사에 아주 매력적인 스님이 한 분 계세요. 절 방에 오디오 시스템을 설치해 놓고 모차르트와 슈베르트의 음악을 듣고 『어린왕자』의 이야기를 해요. 한번 찾아가 보세요."

그때 나는 이렇게 빈정대었던 것 같다.

"스님이 무슨 모차르트야? 스님이 또 무슨 『어린왕자』야? 웃기고 있네. 세상을 버리고 출가한 사문 주제에."

물론 내가 그렇게 빈정대었던 것은 그 여인이 법정 스님을 '매력적인 스님'이라고 표현한 것에 대한 질투이자 막연한 라이벌 의식 때문이었을 것이다.

그 무렵 나는 법정 스님과 더불어 《샘터》에 글을 연재하고 있었다. 나는 연작소설 『가족』을, 법정 스님은 『산방한담(山房閑談)』이란 수필을 연재하고 있었다. 이 두 글은 당시 잡지를 대표하는, 말하자면 잡지의 간판 얼굴인 셈이었다.

1980년대 초반의 어느 날 우연히 샘터에 들렀더니 법정 스님이 도반들 몇 명과 소파에 앉아 계셨다. 처음 만난 내가 인사를 올리자 이미 이름을 잘 알고 있다고 합장배례를 하시더니 불쑥 이렇게 말하였다.

"아니, 그렇게 《샘터》에 가족 이야기를 미주알고주알 자세하게 써도 괜찮으세요? 가족들이 뭐라고 불평하지 않아요? 집의 부인께서 화를 내지 않나요?"

그때 나는 이미 10여 년간 《샘터》에 『가족』을 연재하고 있었다. 스님의 말씀대로 아이들은 물론 아내 역시 잡지에 나오는 자신들의 모습을 별로 좋아하지 않고 있었다.

"이건 명백한 사생활 침해예요. 『가족』을 보면 당신만 인정 있는 근사한 사람으로 꾸미고 있고 가족들, 특히 나는 악착같이 바가지를 긁는 무식한 여편네로 보이니까 제발 내 얘기는 하지도 말고 쓰지도 말아 주세요."

아내는 기회 있을 때마다 내게 항의하였지만 나는 이를 철저히 무시하고 있었다. 그런데 처음 만난 법정 스님으로부터 쓸데없는 내정 간섭을 받은 셈이니 나는 은근히 반감을 갖게 되었다.

도대체 스님이 무슨 참견이야. 세상사에 초연하여 가족을 버리고 출가한 스님의 눈으로 본다면 가족의 일거수일투족을 현미경 들여다보듯 낱낱이 파헤쳐 보이는 소설의 내용이 세상사에 집착하는 범부의 어리석은 짓처럼 보이겠지만 이 또한 인생의 다른 한 면이 아닐 것인가. 법정 스님이 부처의 길을 좇아 수도의 나그네 길을 가고 있다면 나 또한 부처의 길을 좇아 가족의 인생을 살아가고 있는 또 다른 나그네가 아닐 것인가.

그 뒤에도 나는 스님을 두어 번 더 만났다. 모두 우연이었다.

단성사 극장에서 〈서편제〉를 상영하고 있을 무렵이었던가, 극장 앞에서도 한 번 뵈었고 잡지사에서 한 번 더 뵈었던 것 같다.

언제였던가, 가족들을 데리고 남도 여행을 떠난 적이 있었다. 때마침 석가탄신일이었던지 고속도로의 휴게소에서 석간신문을 한 장 샀는데, 신문에는 부처님오신날을 맞아 성철 스님이 내린 법어가 실려 있었다. 우연히 그것을 읽었을 때 너무나 기분이 좋아 나는 아내와 아이들에게 그 법어를 낭독해 주었던 것으로 기억된다.

자기를 바로 봅시다.

자기란 시간과 공간을 초월한 것이며 하늘과 땅이 무너

진다 해도 자기는 항상 변함이 없습니다.

자기를 바로 봅시다.

유형무형 할 것 없이 모든 삼라만상이 모두 자기입니다.

반짝이는 별, 춤추는 나비들이 모두 자기입니다.

자기를 바로 봅시다.

자기는 영원함으로 종말이 없습니다. 자기를 모르는 사람은 종말을 걱정하여 두려워하며 헤매고 있습니다.

(…)

자기를 바로 봅시다.

부처님은 이 세상을 구원하러 오신 것이 아니라 이 세상이 원래 구원되어 있음을 가르쳐 주러 온 것입니다. 이렇듯 크나큰 진리 속에 살고 있는 우리들은 행복합니다.

성철 스님의 법문 내용이 내 가슴에 얼마만큼 큰 파문을 일으켰던지 여행에서 돌아온 즉시 나는 어느 여성 잡지에 실린 성철 스님의 사진을 잘라서 내 서재 앞 벽면에 붙여 놓고 매일같이 그 서슬 퍼런 눈빛을 감탄하며 쳐다보고는 했다.

그 남도 여행의 끝자락에서 귀로에 오른 나는 송광사에 들러 경내를 구경하다가 문득 가까운 어느 산속에서 작은 암자를 짓고 은거하고 있다는 법정 스님을 찾아가 친견하고 싶다는 간절한 욕망을 느꼈다.

물어물어 암자를 찾아가려다가 나는 스님께서 《샘터》에 썼던가, 암자를 찾아오는 손님이 너무 많아 번거롭고 분주해서 수도에 정진할 수 없다는 내용을 문득 떠올렸다.

아서라.

나는 내친걸음을 되돌리며 생각했다. 나까지 군이 법정 스님을 찾아가 침묵을 깨뜨릴 필요가 어디 있겠는가. 만나고 싶은 사람은 군이 찾아가지 않더라도 시절 인연이 닿으면 언젠가는 반드시 만나게 되어 있는 법……

그러나 영정 사진을 바라보고 있는 동안 내 마음에는 후회의 감정이 소용돌이 치고 있었다. 그때 찾아가 뵈올 것을. 그때 뵈었더라면, 잘하면 암자의 쪽방에서 가족들과 함께 하룻밤을 묵을 수도 있었을 것을. 그렇게 되면 하룻밤에 만리장성의 인연을 맺을 수도 있었을 것을.

법정 스님과 깊은 교감을 느낀 것은 1990년대 초였다.

나는 불교에 심취하여 전국의 절을 돌아다니며 경허 스님의 일대기인 『길 없는 길』을 중앙일보에 연재하고 있었다. 그 무렵 실제로 도반이었던 무법(無法) 스님의 승복을 걸치고 밀짚모자를 쓴 채 압구정동의 밤거리를 활보했던 적도 있었다. 승복으로 갈아입자 세상과 절연하고 무소의 뿔처럼 유아독존이 되어 홀로 가고 있는 듯한 느낌이었다.

나는 1954년 겨울 당시 22살로 전남대학교 상대생이었던 박재철(법정 스님의 속명)이 당대의 고승 효봉(曉峰)으로부터 서울의 선학원에서 출가를 허락받은 후 승복을 입고 서리를 걸었을 때 가슴속에서 알 수 없는 환희심이 분수처럼 솟아 나왔다는 내용의 글을 읽은 적이 있다. 한참 감수성이 예민하던 나이에 6·25의 전쟁을 겪으면서 인간 존재의 회의로 고뇌와 방황의 질풍노도의 시대를 보냈던 격동기였을 것이다. 승복을 입고 네온이 명멸하는 압구정동의 밤거리를 걷는 동안 나는 청년 법정에게 깊은 교감을 느꼈다. 그러나 그 느낌이 어디 출가에만 있겠는가. 사랑하는 '가족'들 역시 부처가 아니겠는가. 그래서 '부처는 바로 집 안에 있다'(佛家在中)란 유명한 말이 있지 않은가. 아내와 아이들이 살아 있는 부처님인데 이제 와서 어디 가서 청산(靑山)을 찾을 것이며 부처를 따로 구할 것인가.

『길 없는 길』을 연재하던 1990년대 초 광화문에 있는 법련사로 정찬주 군과 더불어 상경하고 있던 법정 스님을 만나러 간 적이 있었다. 계절은 정확히 떠오르지 않고 비가 치적치적 흩뿌리던 초저녁이었다. 내게 불교의 길잡이 노릇을 하던 정찬주 군이 아마도 법정 스님과 미리 약속이 되어 있어 찾아갈 때 내가 우연히 동행한 것 같다.

작은 쪽방에서 법정 스님은 내게 손수 차를 끓여 따라 주셨다. 법정 스님은 연재 중인 『길 없는 길』을 읽고 계셨던 듯 그 전과는 달리 내게 부드럽고 따뜻한 눈길을 주면서 도대체 언제 불교에 대해서 공부를 하였느냐고 넌지시 물으셨다. 그날 저녁 우리는 몇 마디 나누지는 않았지만 지금까지의 스님과는 달리 나를 마치 수행자로 대해 주는 듯한 강한 느낌을 받았다.

헤어질 무렵 스님은 손수 우산을 쓰고 나를 거리까지 바래다 주었다. 지금도 선명히 기억나는 것은 스님의 우산 끝에서 빗물이 가랑가랑 떨어지고 있던 모습이다. 느닷없이 갑자기 다정한 형님 같은 생각이 들어 나는 불쑥 스님을 껴안고 볼에 뽀뽀라도 하려다가 간신히 참았다.

"며칠 전 승복을 빌려 입고 밤거리를 걸었습니다."

"그래 기분이 어떻던가요?"

법정 스님이 웃으며 내게 물었다.

"스님께서 효봉 스님으로부터 출가를 허락받았을 때 느끼셨다던 그 환희심을 느꼈습니다."

"그럼 이 기회에 머리 깎고 출가하시지요."

"저야 저의 가정이 바로 산문(山門)이지요. 아내가 바로 저의 효봉 스님이고, 저야 늦깎이 행중이지요. 그러니 머리는 이미 깎은 셈이지요."

"헛허허, 허기야 최 선생은 이미 재속거사(在俗居士)이시니까."

스님이 웃고 나도 따라 웃었다. 그날 밤 나는 스님의 법제자가 된 기분이었다.

갑자기 문이 열리고 스님 한 분이 방문을 열고 들어와 법정 스님의 영정 앞에서 목탁을 두드리며 독경을 시작했다. 나는 천천히 일어났다.

문 밖에서 기다리고 있던 함 군이 내게 털모자를 내밀었다. 나는 털모자를 눌러 쓰고 건물을 빠져나왔다. 아직도 많은 문상객들이 줄을 서고 있었고 햇살은 따사로웠으나 코끝을 스치는 바람은 한겨울의 삭풍이었다.

아아, 지난겨울 나는 얼마나 봄을 기다려왔던가.

어서 봄이 와서 죽은 나무에서 강인한 생명력으로 피어나는 것을 보고 싶다.

나는 구역질을 하고 토할 때마다 소리를 내어 중얼거렸다. 어서 봄이 와 그 눈부신 벚꽃을 보고 싶고 저 솔로몬의 영화보다 더 화려하게 차려입은 들꽃도 보고 싶다.

그러나 올해는 유난히 눈이 많이 오고 추운 겨울 때문이었는지 춘삼월 중반을 훌쩍 넘기고 있는 봄날인데도 아직 한겨울이었다. 경내를 가로지르는 계곡에는 지난겨울에 남은 잔설이 그대로 고여 있었고 물도 꽝꽝 얼어붙어 흐르는 물소리도 들리지 않았다. 불어오는 칼바람에 감기라도 걸릴까 마스크까지 하고 계곡을 오르자 가장 후미진 곳에 굳게 문이 닫힌 요사채 하나가 보였다. 왠지 낯이 익었다. 그래서 문득 사립문을 밀어 보았더니 안으로 굳게 잠겨 있었다.

왜 낯이 익었을까, 궁금해 하는 순간 문득 매화(梅花) 향기가 바람 자락에 실려 내 코를 스쳐 갔다. 매화 향기라니, 이 한겨울에 매화 향기라니.

나는 사립문 넘어 뜨락에 있는 매화나무를 보면서 중얼거렸다. 요사채 앞마당에는 매화나무가 웃자라고 있었다. 아직 향기를 풍기기에는 어림도 없는 나목이었다. 그러나 철골(鐵骨)의 마른 등골이 물기조차 없어 보이지만 가지마다 부풀어 오른 꽃망울은 방긋이 입을 벌리고 있었다.

언제였던가, 7년 전이었던가. 2003년 봄. 바로 이곳 요사채에서 법정 스님과 나는 3시간 정도 자리를 함께했다. 그때는 지금보다 한 달 정도 지난 완연한 봄날이어서 뜨락에 있던 매화나무가 활짝 피어 있었다. 바로 그 매화 꽃잎을 따서 꽃잎차를 만들어 법정 스님과 나는 함께 나누어 마셨다. 그때 스님은 천식으로 고생을 하고 있어 간간이 기침을 하셨지. 그때의 잠재의식이 향기로운 매화 향기가 되어 내 뇌리를 스친 것일까.

잡지 《샘터》가 지령 400호를 맞이하여 법정 스님과 나는 '산다는 것은 나누는 것입니다'라는 제목으로 이런저런 대화를 나눌 수 있었던 것이다. 아니다. 법정 스님과 감히 대화라니. 주로 내가 질문하고 스님이 대답을 하는 일방적 형태의 정담이었다. 훗날 채록된 원고를 보고 내 몫의 내용을 보완하는 것으로 정리하였는데 어쨌든 그날의 대담은 법정 스님과의 만남에서 잊을 수 없는 깊은 인연이었다.

세 시간 이상 걸린 두 사람의 대화가 끝날 무렵 내가 "스님, 어느 책에선가 죽음이 무섭지 않다고 하셨는데 정말 무섭지 않습니까?"라고 묻자 법정 스님이 이렇게 대답했던 것이 기억난다.

"실제로 죽음이 닥치면 어떨진 모르지만 지금 생각으로는 무섭지 않을 것 같습니다. 죽음은 인생의 끝으로 생각하면 안 됩니다. 새로운 삶의 시작으로 생각할 수 있어야 합니다. 이러한 생각들이 확고해지면 모든 것을 받아들일 수가 있어요. 죽음을 받아들이면 사람의 삶의 폭이 훨씬 커집니다. 사물을 보는 눈도 훨씬 깊어집니다. 죽음 앞에서 두려워한다면 지금까지의 삶이 소홀했던 것입니다. 죽음은 누구나 겸허하게 받아들여야 하는 자연스러운 현상입니다."

그때가 7년 전인 2003년 4월. 법정 스님과 나는, 7년 후 자신이 입적할 사실을 모르고 있었고, 나 또한 병과는 거리가 먼 호시절의 봄날이었다. 그런데 정확히 7년 후에 법정 스님은 자신의 말대로 새로운 삶의 시작을 위해 육신의 껍질을 벗었다. 동시에 나는 상상조차 하지 못했던 뜻밖의 병과 2년에 걸친 사투를 벌이고 있는 것이다. 한 치의 앞도 내다볼 수 없는 세상, 그것이 우리의 일상사인 것이다. 내일 일이 어떻게 변할지도 모르면서 우리는 먹고 마시고 춤추며 껄껄대며 사육제를 벌이고 있는 것이다.

"『길 없는 길』은 좋은 작품이에요. 자료가 있다 해도 불교계 안에서 몸을 담고 있으면 그런 글을 쓰지 못하는 법인데, 최 선생님처럼 안목도 있고 재능도 있는 분이 불교계 밖에서 자유롭고 객관적인 표현을 해 줄 수 있었던 것이지요."

그날 대담에서는 법정 스님이 내가 쓴 『길 없는 길』에 대해서도 덕담을 해 주셨던 것으로 기억한다. 그 순간 나는 스님에 대한 그리움이 왈칵 솟아올랐다. 아아, 내 옆에 스님이 계셨더라면 "형님" 하고 소리쳐 부르고 한번 번쩍 안아 주었을 터인데. 고마워요 형님, 하고 볼에 뽀뽀를 해 드렸을 수도 있을 터인데. 그렇지 않은가. 법정 형님이 고맙지 않은가. 1980년대 초반 스님을 샘터에서 처음 뵈었을 때 앞으로 뭘 쓰겠느냐고 내게 물었던 적이 있었다. 그때 나는 대답했었지.

"불교에 관한 소설을 쓰고 싶습니다."

그땐 겁도 없었다. 막연히 불교에 대한 초발심적 관심을 갖기 시작하였던 초창기였지. 아직 가톨릭에 귀의하기도 전의 일이었다. 그런데도 스님은 이렇게 말하며 내게 용기를 주지 않았던가.

"쓰고 싶어 하면 언젠가는 쓰게 되겠지요. 업이란 것이 그런 것입니다. 말과 행동이 업이 되어서 결과를 이루게 됩니다."

그렇다.

법정 스님은 그때 내게 화두를 점지해 주셨다 그 화두는『길 없는 길』. 내가『길 없는 길』을 쓰게 된 최초의 원동력은 법정 스님이 뿌려 준 화두의 씨앗 때문이 아닐 것인가. 순간 나는 법정 스님과의 인연은 전생으로부터 이어져 내려오는 숙세(宿世)의 것임을 깨달았다. 법정 스님과 나는 둘이 아니다. 너도 아니고 나도 아니다. 우리는 하나다. 태어나되 태어남이 없고, 죽되 죽음이 없으며, 있지 아니하되 있고, 없지 아니하되 없는 유일무이한 하나다.

불일암으로 향하는 길목의 작은 대숲.
정면에 보이는 암자가 불일암이다.

1부

언젠가는
나로 돌아가리라

"사람은 때로 외로울 수 있어야 합니다. 외로움을 모르
면 삶이 무디어져요. 하지만 외로움에 갇혀 있으면 침
체되지요. 외로움은 옆구리로 스쳐 지나가는 마른 바
람 같은 것이라고 할까요. 그런 바람을 쏘이면 사람이
맑아집니다."

밤이 내려야
별이 빛나듯

—

행복이 시작되는 지점

최인호　　스님, 오랜만에 뵙습니다. 그간 평안하셨습니까? 얼마 전 스님의 최근 근황을 다룬 텔레비전 프로그램을 보니까 천식으로 고생하신다 해서 가슴이 아팠는데, 요즘은 좀 어떠신가요?

법정　　네, 최 선생. 오랜만에 뵈니 반갑습니다. 아직도 새벽이면 기침이 나오는데 전보다는 많이 가벼워졌어요. 나는 몸의 다른 부분은 건강하고 아무 탈이 없는데 감기에 잘 걸리고 호흡기가 약해요. 기침이 나오면 자다가도 깨어서 앉아야 하는데, 그때는 낮에 참선하고 경전을 읽는 시간보다 오히려 정신이 아주 맑고 투명해집니다. 그래서 기침 덕에 이런 시간을 갖게 되는구나 생각하며 오히려 감사할 때가 있습니다.

또 얼마 전부터는 기침 때문에 깼을 때마다 차를 마시고 있는데, 새벽녘에 가볍게 마시는 차 한 잔이 별미더군요. 내가 사는 곳은 전기가 들어오지 않아 촛불을 사용하는데, 그 불빛을 사발로 가려 놓고 은은한 빛 속에서 향기로운 차를 마십니다. 최 선생도 글쓰기 전에 그렇게 마음을 정리하는 시간을 가져 보세요. 촛불을 켜 놓고 편안한 자세로 아무 생각 없이 기대 앉아 있으면 아주 좋아요. 텅 빈 상태에서 어떤 메아리가 울려오기 시작합니다.

내가 사는 곳은 지대가 높은 곳이라 최근에야 얼음이 풀렸는데, 새벽녘 시냇물 소리에 귀를 기울이고 있으면 맑고 투명한 이 자리가 바로 정토(淨土)요, 별천지구나 싶어 고맙다는 생각도 듭니다. 기침 덕에 좋은 경험을 하고 있는 것이지요.

이렇게 행복이란 밖에 있는 게 아니라 늘 내 안에 있습니다. 내가 직면한 상황을 어떻게 받아들이느냐에 따라서 고통이 될 수도 있고 행복이 될 수도 있겠구나 하는 생각이 들었습니다. 전에는 기침이 나오면 짜증이 나고 심할 땐 진땀까지 흘렸지요. 어떻게 이 병을 떼어낼까만 생각했는데, 지금은 모처럼 나를 찾아온 친구를 살살 달래고 있습니다. 함께해야 하는 인연이니까요. 기침이 아니면 누가 나를 새벽에 이렇게 깨워 주겠느냐 생각하니 그것도 괜찮아요. 다 생각하기에 달려 있지요.

최인호　　저도 한 10년 전부터 당뇨를 앓고 있는데요. 처음에는 당황도 되었지만 '이 기회에 청계산에나 다니자' 해서 지금은 거의 10년째 매일 산에 오르고 있습니다. 당뇨가 없었더라면 산에 안 다녔겠지요. 석 달에 한 번씩 병원에 가는데 의사가 "당뇨 때문에 남들보다 더 오래 사시겠습니다" 하더군요.

처음에는 일주일에 한 번 정도 가야지 생각했는데 직장에 구애 받는 사람도 아닌데 매일인들 어떤가 해서 매일 가게 되었죠. 그렇게 다니기 시작한 것이 벌써 10년이네요. 신문에 소설을 연재할 때 "1천 회 연재라니 대체 그걸 어떻게 쓰십니까?"라고 묻는 사람들이 있었지요. 하지만 처음부터 1천 회를 쓰는 게 아니지요. 1천 회를 생각하면 숨 막혀서 못 써요. 침착하게 1회 1회 쓰다 보면 1천 회가 되는 거지요. 1회 쓸 때는 1회만 생각하고, 2회 쓸 때는 2회만 생각하고요.

청계산도 그런 식으로 다녔습니다. 지금은 자연스러운 습관이 되어 버렸는데, 비가 오나 눈이 오나 그냥 아무 생각 없이 산에 갑니다. 어떤 뚜렷한 목적이 있다면 10년이나 못 다녔죠. 심장 박동이 빨라지며 격렬하게 호흡하고 땀을 흘리는 것, 저는 그걸 정말 좋아해요. 아침 일곱 시 반에 집을 나가 여덟 시쯤 산에 오르기 시작해서 한 시간 15분가량 등산을 하는데 이제는 소문이 나서 알아보고 인사를 건네는 분도 많아요.

눈 올 때 청계산에 가보면 설악산이 따로 없어요. 스님 말씀대로 모든 게 생각하기 나름이에요. 30분만 달려가면 설악산 못잖은 멋진 산이 있으니 얼마나 좋은지요. 나는 청계산 주지다, 청계산은 내 산이다 생각하며 산을 오르는데 참 행복합니다. 행복이란 받아들이기 나름이란 스님 말씀에 전적으로 동의합니다.

법정 그렇습니다. 행복이란 어디 먼 곳에 있는 게 아니지요. 우리에겐 원래 행복할 수 있는 여러 조건이 있습니다. 상황을 어떻게 받아들이느냐에 따라서 그것은 고마운 일이 될 수도 있고 불만스러운 일이 될 수도 있습니다. 소욕지족(少欲知足), 작은 것을 갖고도 고마워하고 만족할 줄 알면, 행복을 보는 눈이 열리겠지요. 일상적이고 지극히 사소한 일에 행복의 씨앗이 들어 있다고 생각됩니다.

최인호　　행복의 기준이나 삶의 가치관도 세월에 따라 변하는 것 같습니다. 저도 젊었을 때는 남보다 많이 성취하거나 소유할 때 행복이 오는 줄 알았는데 가톨릭 신자로 살다 보니 그런 것만도 아니더라고요. 예수 그리스도는 마음이 가난한 자는 복이 있다, 슬퍼하는 사람은 행복하다, 이런 말씀을 하셨는데 처음 들었을 때는 대체 무슨 이야기인가 했어요. 지금은 '마음이 가난한 자는 행복하다'라는 말을 참 좋아합니다. 가난 자체가 행복한 것은 아니죠. 사실 빈곤과 궁핍은 불행이잖습니까. 마음이 가난하다는 말은, 행복이란 마음에서 비롯된다는 의미인 것 같습니다. 같은 온도에도 추워 죽겠다고 생각하는 사람이 있는 반면 정신이 번쩍 들도록 서늘하다고 느끼는 사람이 있으니까요. 모든 것은 마음에서 나오지만 특히 행복은 전적으로 마음속에 있는 것 같습니다.

작고 단순한 것에 행복이 있다는 진리를 요즘 절실하게 느끼고 있습니다. 피천득 선생님의 글에 '별은 한낮에도 떠 있지만 강렬한 햇빛 때문에 보이지 않을 뿐'이라는 내용이 있지요. 밤이 되어야 별은 빛나듯이 물질에 대한 욕망 같은 것이 모두 사라졌을 때에야 비로소 행복이 찾아오는 것 같아요. 누구나 행복해지고 싶어 하면서도, 요즘 사람들은 행복이 아니라 즐거움을 찾고 있어요. 행복과 쾌락은 전혀 다른 종류인데 착각을 하고 있지요. 진짜 행복은 가난한 마음에서 출발하는 것 같습니다.

법정　　그래요. 행복은 자연에서만도 얼마든지 찾을 수 있지요. 봄날 새로 피는 꽃을 바라보고 있으면 아무 잡념 없이 '아, 아름답구나, 고맙다'는 생각만 듭니다. 개울 물 길어다 차를 끓여 마실 때도 그렇습니다. 차만 마시는 게 아니라 다기를 매만지는 즐거움도 함께 누리는데, 다기를 매만지고 있노라면 화두고 뭐고 내가 중이라는 생각조차 없어요. 그저 지극히 자연스러울 뿐이고 무엇엔가 감사하고 싶은 마음, 잔잔한 기쁨이 솔솔 우러납니다. 굳이 표현하자면 행복이라 할 수 있을 테지요.

매화가 필 때면, 어떤 중국 사람은 매화 밭에 이부자리를 가지고 가서 며칠씩 먹고 자며 꽃구경을 한답니다. 연꽃이 필 때는 연못가에서 며칠씩 머물고요. 우리야 차 타고 가서 휘 둘러보고 매화 봤다고 하지만 중국 사람들은 좀 다르다더군요. 임어당의 『생활의 발견』에 나오는 이야기입니다. 참 멋쟁이들이죠. 하찮은 꽃구경 같지만, 그처럼 우리 주위엔 기쁜 일이 얼마나 많은지요. 나 혼자 '아, 좋다, 좋다' 소리를 가끔 하는데 행복이라고 표현하기도 쑥스럽습니다.

●최인호　　작은 것에서 아름다움을 보는 눈, 그런 눈이 보통 사람에게는 없어요. 그 눈을 어떻게 떠야 하지요? 대개는 심 봉사처럼 공양미 3백 석이 있어야 눈을 뜬다고 생각하거든요. 그냥 뜨면 되는데.

●법정　　안목은 사물을 보는 시선일 텐데 그것은 무엇엔가 순수하게 집중하고 몰입하는 과정을 통해서 갖추게 될 것입니다. 똑같은 사물을 보더라도 어떤 이는 가격이 얼마라는 식으로 보고 또 어떤 사람은 아름다움의 가치로 보지요. 이는 똑같은 눈을 가졌으면서도 안목에 차이가 있기 때문 아닐까요.

그 사람을 통하여
우주를 바라보게 되는 것

사랑의 원형

법정　　최근에 한 경험 하나 이야기할까요? 얼마 전 단발머리 소녀의 그림을 얻어서 오두막 한쪽 벽에 걸어 놓았는데, 오두막 분위기를 완전히 다르게 만들더라고요. 마음이 아주 정결해지고, 풋풋해지고, 따뜻해졌습니다. 그림 속 소녀의 이름을 '봉순'이라 짓고 가끔 "봉순아!"라고 부르며 혼자 두런두런 이야기도 하고 그럽니다. 처음엔 응답이 없더니 한 2~3일 지나니까 메아리가 있어요. 표정이 달라지는 게 보이더라고요. 그래서 이런 생각을 했어요. 봉순이가 액자에서 나와 차 시중도 들고 청소도 거들고 하면 어떨까 하고. 그런데 답은 '아니다'였어요. 만약 그런다면 내 풋풋한 마음이 사라지고 그 아이가 부담스러워질 것 같아서요. 그래서 "얘, 봉순아, 그 자리에 가만 있거라. 네가 그 자리에 있는 것만으로도 나한테는 충분한 가치가 있다. 나는 너에게 더 바랄 것이 없다."라고 이야기했습니다. 나 사는 곳에 진달래가 피면 한 아름 꺾어다 봉순이 품에 안겨 줄 생각입니다.

최인호 　스님은 그림 속의 봉순이를 보시지만 우리는 늘 살아서 앙탈 부리고, 질투하고, 요구하는 봉순이와 살고 있잖아요. 서로가 살아 있는 업인데 대체 어떻게 사랑을 해야 합니까?

법정　　사랑이라는 건 내 마음이 따뜻해지고 풋풋해지고 더 자비스러워지고 저 아이가 좋아하는 게 무엇인가 생각하는 것이지요. 사람이든 물건이든 바라보는 것만으로도 충분한데 소유하려고 하기 때문에 고통이 따르는 겁니다.

누구나 자기 집에 도자기 한두 점 놓아두고 싶고 좋은 그림 걸어 두고 싶은 건 인지상정이지만, 일주일 정도 지나면 거기 그림이 있는지도 잊어버리게 됩니다. 소유란 그런 거예요. 손 안에 넣는 순간 흥미가 없어져 버리는 것이지요. 하지만 단지 바라보는 것은 아무 부담 없이 보면서 오래도록 즐길 수 있습니다. 내가 가진 것은 없지만 박물관에 가서 좋은 그림들을 보고 나면 기분이 참 좋아져요. 시시한 사람 몇 명 만난 것보다 훨씬 기분이 좋아요.

그런데 만일 그것들이 내 소유였다면 잘 보관하고 도둑맞지 않게 간수하느라고 그렇게 바라볼 여유가 없을 거예요. 거기 그렇게 있기 때문에 나는 필요할 때 눈만 가지고 가서 보고 즐기면 되는 겁니다.

그런 낙천적인 태도를 가져야 하지 않을까요. 보는 눈만 있으면 자기 것을 가지려고 애쓰는 것보다 훨씬 여유 있게 그 사물의 본질을 파악할 수 있어요. 소유하려 들면 텅 빈 마음으로 바라볼 수 있는 마음의 여유가 사라집니다. 소유로부터 자유로워야 해요. 사랑도, 대인 관계도 마찬가지 아닐까요?

최인호　며칠 전 텔레비전의 가요 프로그램을 보니 열이면 열 모두 사랑 노래더군요.

법정　그렇지요. 사랑도 아니고 '싸랑' 어쩌고 하는…….

최인호　노래 가사도 예전과는 많이 달라졌어요. '네가 날 버려? 나도 널 잊어버릴 거야' 같은 내용들이더라고요. 완전히 분위기가 달라졌어요. 사랑을 갈구하는 것은 같은데 뭔가 왜곡된 느낌이에요.

법정　그것이 무슨 사랑입니까. 그러니까 결혼한 지 얼마 안 돼서 도로 무른다고 그렇게 수고들을 하지요. 그런 것은 사랑이 아닐 것입니다. 이기적인 흥정이지요. 사랑은 따뜻한 나눔이고 보살핌이고 관심이지요. 더 못 줘서 안타깝고 그런 것이 사랑인데 말이지요.

　사랑이 아닌 사랑 노래들을 부르는 것도, 듣고 열심히 박수를 치는 것도 문제입니다. 대중문화는 기본적인 양식, 만인이 즐기고 따를 수 있는 보편적인 양식을 갖춰야 하는데 만드는 사람들에게 그런 양식이 없어요. 오직 시청률을 높이기 위한, 독자를 많이 확보하기 위한 것이라면 그건 문화도 아닙니다.

●최인호　　문제는 이기적인 흥정이 사랑이라는, 왜곡된 가치관이 자꾸만 팽배해지는 것 아니겠습니까?

●법정　　감정이 어떻게 기브 앤 테이크, 얼마 줬으니 얼마 받아야 한다는 식이 될 수 있겠어요. 자식에 대한 어머니의 따뜻한 정이야말로 순수한 사랑일 것입니다. 어머니와 자식의 관계란 탯줄로 이어져 있던 것이기 때문에 어떤 상황에서도 끊어질 수가 없어요. 그래서 우리는 죽음의 마지막 순간에도 어머니 얘기 하고, 또 아무리 흉악범이라 해도 어머니 앞에서는 눈물을 흘리지요. 어머니 앞에서는 그만큼 순수해지는 것이지요. 어머니는 생명의 근원이니까요.

최인호　그리스 철학에서는 원래 하나였던 암수가 떨어졌기 때문에 서로를 그리워한다고 했습니다. 그리워한다는 감정처럼 아름다운 게 또 있을까요? 옛날에 아내하고 연애할 때, 헤어지는 그 순간부터 보고 싶어지던 감정은 도대체 무엇이었을까요? 전 요즘 젊은이들의 왜곡된 사랑이 참 안됐어요. 누가 청춘이 아름답다고 얘기하면 저는 "아니다, 잔혹하다"라고 말합니다. 왜곡된 가치관, 컴퓨터, 음란 영화, 성의 타락…… 우리의 아이들은 왜곡된 사랑의 기총소사를 맞고 있어요. 세월이 흘러도 원형은 역시 원형이지요. 사랑의 원형, 아름다움은 '정절'에 있다고 생각해요.

제가 며칠 전 어떤 젊은 친구를 만났는데 "저는 결혼한 후로 아내 이외의 여자와는 손도 잡아 본 적이 없습니다"라고 말하더군요. 자랑이 아니라 부끄러워하며 그런 얘기를 하는 거예요. 그래서 제가 그랬죠.

"네가 참 좋다. 난 너의 아름다움에 대해서 경의를 표한다."

그 친구의 얼굴을 보면서 '네가 참 아름다운 놈이로구나' 생각했습니다.

요즘 사람들은 사랑과 성을 제대로 구별하지 못하는 것 같아요. 오래 전 명동인가에서 젊은이 둘이 커피를 마시고 있는 장면을 보게 되었는데, 서로의 눈을 깊이 바라보고 있더라고요. 서로의 우주를 바라보는 듯, 서로에게 빠져들고 있는 그 모습이 참 아름답다고 느껴졌습니다. 이런 게 사랑의 원형이라고 생각합니다. 소중하고 거룩하며 신성하고 아름다운 사랑의 본질을 잃어 버리지 않았으면 합니다.

디즈렐리라고, 영국의 유명한 정치가가 있지요. 그의 아내가 나이도 많고 좀 무식했답니다. 그래서 일화도 많은데요. 어느 모임에서 걸리버에 관한 얘기가 나오자 "그렇게 재미있는 사람이라면 우리 모임에 초청하자"고 했을 정도였답니다. 하지만 디즈렐리는 왜 그런 사람하고 결혼했느냐는 주위의 물음에 이렇게 대답했답니다. "지금의 나라면 많은 여자가 관심을 보였겠지만 결혼할 당시의 나는 국회의원 선거에서도 떨어진 초라한 사람이었다. 그때 나를 사랑해 준 사람은 이 여자밖에 없었다." 디즈렐리 부부는 매일 서로의 머리맡에 편지를 써 두었다는 얘기로도 유명하지요.

요즘 사랑이 왜곡되는 건 조건을 지나치게 따지기 때문이기도 합니다. 아내와 연애할 때 저는 학생이었고, 우린 같이 있을 수 있다는 것만으로도 행복해서 결혼했거든요. 사실 당연한 이야기인데 요즘엔 고전 취급하며 묻어 버리는 것 같아요.

몇 년 전인가 어느 텔레비전 프로그램을 보는데 아흔 살 된 할아버지하고 여든 살 된 할머니가 나오셨어요. 하도 인상 깊게 봐서 잊히지도 않아요. 할아버지가 그러시더라고요. "우리는 지금까지 살아오면서 부부 싸움을 한 번도 안 해 봤다"라고요. 그런데 그 말이 거짓이 아님을 알겠더라고요. 할아버지 얼굴을 보니 '아 저분이야말로 성인이구나' 하는 생각이 저절로 들었습니다. 우리 같은 사람이야 어떻게 부부 싸움을 한 번도 안 할 수 있는지 이해가 안 되지요. 왜 그러잖습니까. 부부 싸움을 하면서 정이 들고 서로의 성격도 고쳐진다고요. 그런데 텔레비전에 나온 그 노부부 같은 분들에게는 부부 싸움 없는 삶이 가능하겠더라고요. 할머니는 그 연세에 아직도 할아버지 앞에서 부끄러워하고, 아직도 할아버지를 보는 눈빛에 수줍음이 있었어요. 저분들은 여전히 신혼이구나, 생각했습니다. 불가능할 것 같지만 아내와 남편이 서로를 존경하고 사랑한다면 싸울 일이 뭐 있겠어요. 가능할 거예요. 참 아름답더군요. 완벽한 자연을 보는 것 같고 부럽기도 했습니다. 그런 분들이 성인이지요.

　저는 젊은이들이 그 노부부처럼 열심히 사랑을 했으면 좋겠어요. 왜곡된 사랑은 인생의 큰 상처가 됩니다. 우리 젊은이들의 사랑이 원형에 충실한 사랑이기를 바랍니다.

사랑이라는 종교의
아름다운 성소

억겁의 인연, 가족

최인호　제 연작 소설의 제목도 '가족'입니다만, 요즘 가족이 문제인 것 같습니다. 스님께선 처자가 없기 때문에 오히려 가족을 객관적으로 바라보실 수 있을 것 같은데요. 요즘 가족이 붕괴되고 그 안에 행복이 없는 것 같아요. 이거 어떡하면 좋겠습니까?

법정　나는 실제 가정생활을 안 해서 잘은 알 수 없지만 인간의 기본적인 관계는 두 가지가 받쳐 줘야 한다고 생각합니다. 친구지간이든 부부지간이든, 인간관계의 기본은 신의와 예절이지요. 가족이 해체되고 있는 것은 무엇보다 신의와 예절이 무너졌기 때문입니다. 가까울수록 예절을 차려야 하는데 서로 무례하고 예절이 생략되어 버렸기 때문에 공동체 유대에도 균열이 간 것 아니겠습니까. 그런 것을 느낄 때마다 저는 늘 속으로 '그럼 나는 하루하루를 신의와 예절을 챙기며 살고 있는가?' 이렇게 묻곤 하지요. 그러면 내 행동에 좀 더 책임감을 갖게 됩니다.

최인호　옳으신 말씀이긴 하지만 이 세상에서 가장 힘든 일이 가족에게 사랑과 신뢰를 받는 일이라고 생각합니다. 제가 밖에서는 소설가로 유명할지 몰라도 자식들에게 존경받는다는 건 정말 어려운 일이거든요. 가정이야말로 숨기려 해도 숨길 수 없이 모든 행위가 백일하에 드러나는 곳이니까요.

하지만 가정이야말로 신이 주는 축복의 성소라고 봅니다. 가정이 바로 교회요, 수도원이고 사찰입니다. 그러나 문제는 이렇듯 가정이 매우 중요하다는 사실을 알면서도 어떻게 서로 사랑해야 하는지 그 방법을 모른다는 거예요. 자식을 사랑하지 않는 부모가 어디 있겠습니까? 그러나 그 방법이 옳지 않은 경우가 많습니다. 제 경우도 자식은 강하게 키워야 된다는 생각으로, 아이가 잘못을 저지르면 발가벗겨 한데로 내쫓는 식이었어요. 전 그것이 사랑인 줄 알았거든요. 사랑의 방법을 몰랐던 것이지요.

가정 폭력에는 구타뿐 아니라 무폭력의 폭력, 즉 언어의 폭력이라든지 권위의 폭력도 포함됩니다. 물리적 폭력보다 더 무서운 것이지요. 가정 안에서 이런 폭력들은 상상할 수 없을 정도로 빈번하게 일어납니다. 겉으로는 매우 평화롭게 보이는 가정, 그 안에서 일어나고 있는 비명 없는 폭력들이 더 무서운 이유는 그것이 사랑이라는 미명 아래 은폐되기 때문입니다. 때리지 않는다 하더라도 부모는 자식을 억압하고 독재하고, 서로 불신하고 거짓말이 난무하고……. 그런 가정생활을 한다면 참 억울한 인생을 사는 겁니다. 어디서 와 어디로 가는지 모르는 우리 인생에서 신이 주는 자기 아내와 자식은 얼마나 신비한 존재인가요. 이 신비한 존재를 느끼지 못한다면 참으로 억울하지 않겠습니까?

가정은 스위트홈이 아니라 수많은 상처가 드러나고 치유되는 '올코트프레싱(allcourt pressing)'의 격전장입니다. 오히려 너무 조용한 집은 병들어 있는 가정이라고 저는 생각합니다. 억압에 의해 그런 분위기가 형성되었을 가능성이 크거든요. 가정이 어떻게 도서관이 될 수 있겠습니까? 가정은 또한 휴게실도 아니에요. 직장에서 귀가한 남편이 "집까지 왜 이렇게 시끄러워?" 하고 화를 낸다면 그는 휴게실로 가는 편이 나을 겁니다. 짐승들이 서로의 상처를 핥아 주듯이, 가정은 서로의 온갖 상처와 불만을 치유해 주는 곳이 되어야 합니다.

우리가 허구한 날 언론의 자유를 보장하라고 외치지만 과연 내 집에는 언론의 자유가 있는가, 내가 상대방이 듣기 좋은 말만 하고 있는 것은 아닌가, 진지하게 생각해 봐야 합니다. 서로 할 말은 해야 하고, 또 상대방의 말을 끝까지 귀담아 들으려고 노력하는 곳이 가정이어야 합니다. 그런데 대개는 반대로 가고 있지요. 밖에서도 충분히 피곤했으니 집에서는 복잡한 얘기 하지 말라고 그럽니다. 그러면 가정은 모든 것이 유예된 공간이 되어 버리고 말지요.

법정　　가족은 자식이 되었건 남편이 되었건 정말 몇 생의 인연으로 금생에 다시 만난 사이입니다. 만남 자체로도 고마운 일이지요. 하지만 살다 보면 갈등이 있을 수 있지요. 자기 자신도 싫어질 때가 있는데요. 그럴 때 우리가 몇 생 만에 이렇게 만났는데 금생에 잘해야 내생에 또 좋은 낯으로 만나지 하고 생각해 봐야 됩니다. 좋은 인연으로 만나는 가정이 행복한 가정인데 전생에 한이 맺힌 채 만나 가족을 이루는 경우가 더러 있어요. 멀리 떨어져 있으면 과거를 청산할 수 없으니까 바로 그 집 가족이 되는 것이지요. 하지만 좋지 않은 인연으로 만났다 하더라도 한쪽이 마음을 돌이키면 다 해소될 수 있습니다.

결혼하는 사람들에게 내가 꼭 해 주는 얘기가 있습니다.

"너희가 지금은 죽고 못 살 만큼 서로 좋아하지만 속상하면 못할 소리가 없다. 아무리 속상해도 막말은 하지 마라. 막말을 하게 되면 상처를 입히고 관계에 금이 간다. 자기가 말한 것에 대해 언젠가는 책임을 져야 하니 어떤 일이 있어도 막말은 하지 마라."

관계의 균열이란 사소한 일, 무례한 말 같은 것에서부터 생기게 마련이거든요.

최인호 　가족은 여러 생의 인연으로 금생에 다시 만난 것이라는 말씀 정말 공감이 갑니다. 내가 선택해 한 여인과 사랑하고 그와 결혼해 한평생을 살지만 저는 아내라는 사람의 진면목을 알지 못합니다. 칼릴 지브란이 말했던가요? '우리의 아이들은 어디서 왔는가, 어디서 왔는지는 모르지만 내 것이 아니다'라고요. 저는 우리 집이, 신이 주신 생의 꽃밭에서 내가 누구인가, 나를 '여보'라고 부르는 아내는 누구인가, 나를 '아버지'라고 부르는 아이들은 과연 무엇인가, 그들 속에 어떤 신성이 자리 잡고 있는가를 생각하게 하는 가정이기를 바랍니다.

　가정은 우리 최후의 보루입니다. 가족은 우리가 소홀히 할 수 없는, 끝까지 지키지 않으면 너무 억울한, 우리 생의 궁극적인 목표라고 생각합니다. 자기 자식도 사랑하지 못하는 사람이 절에 가서 불공드리고 교회 가서 기도하고 불우 이웃 좀 돕는다고 무슨 소용이 있겠어요. 오히려 집에서 왜곡된 사랑에 상처 받는 아이들을 어루만져 주는 게 더 중요하지요.

법정   최 선생 따님 다혜는 미국에서 잘살고 있나요?

최인호   네, 딸아이는 지금 손녀와 같이 서울에 와 있어요. 손녀를 통해서 참 많은 것을 배우고 있지요. 예수 그리스도는 "너희가 어린아이처럼 되어야 천국에 들어갈 수 있다"고 했고, 불교에서도 '천진불(天眞佛)'이라는 말이 있지 않습니까? 혜월 스님도 동자승에게서 천진(天眞)을 배웠다 했고요. 전에는 무슨 뜻인지 알 것 같으면서도 몰랐는데 이젠 확실히 알겠습니다. 아이가 아이가 아니더라고요. 아주 신비합니다.

법정   영혼에는 나이가 없으니까요. 단지 육신을 가지고 나온 시간이 얼마 안 되었을 뿐 몇 번의 생을 겪고 나온 것이잖습니까. 그래서 우리가 생각지도 못했던 말이라든가, 배울 새도 없었을 말들이 마구 쏟아져 나오지요. 어린이는 어른의 아버지라는 말이 그 소리입니다. 육신의 나이로 아이를 생각해서는 안 되지요. 나의 소유물이 아니라 대등한 인격체로 대해야 하는 것노 같은 이유에서입니다.

최인호 　　그러니 아이한테 상처를 주는 일은 정말이지 범죄행위 같아요.

법정 　　그렇습니다. 전생에 축적된 찌꺼기는 있어도 금생에서는 아직 깨끗하니까 보고 듣는 모든 것이 그대로 각인되는 것이지요. 그러니 아이에게 상처를 주는 것은 죄가 된다는 말이 맞습니다.

최인호 　　그 아이에게 무슨 편견이나 고정 관념이 있겠습니까. 어쩌다 귀찮아서 소홀히 대하면 바로 느끼고 아이가 반격을 해옵니다.

법정 　　그것이 바로 선지식이지요. 그만큼 때 묻지 않고 순수하다는 말입니다. 그런 면은 아이에게서 어른이 배워야 할 점이지요.

주인공아,
속지 마라

진정한 나에게 이르는 길

최인호　　스님의 책 『버리고 떠나기』에는 "난 무엇이 되고 싶지 않고, 난 나이고 싶다"라는 구절이 나오지요. 저는 그 말을 참 좋아하는데 요즘엔 그렇게 되기가 더 어려운 것 같습니다.

법정　　누구도 닮고 싶지 않고 나다운 내가 되고 싶다는 것, 본질적인 나를 펼쳐 보이고 싶다는 그 생각은 여전히 변치 않습니다. 내 인생관이라면 인생관이라 할 수도 있는데, 어디에도 의존하지 않는 나다운 인간이 되고 싶다는 것이지요.

● 최인호   언젠가 법련사에서 열린 다회에서 스님을 뵌 적이 있지요. 그때 스님께서 제가 나오는데 바깥까지 배웅해 주셔서 무척 인상적이었어요. 오늘 뵈니 스님이 굉장히 부드러워지셨다는 느낌이 들었습니다. 전에는 서슬이 퍼렇다고 생각했는데……. 사실은 그런 느낌도 좋았어요.

● 법정   전에는 괴팍 떨고 남한테 너무 인정사정없이 대했는데 이젠 반성을 많이 해요. 불일암 초기까지도 사람들이 나보고 시퍼런 억새풀 같아서 가까이 오면 베일 것 같다고 하기도 했지요. 연륜 탓도 있겠지만 인도에 한 번 다녀오고 나서 많이 달라진 것 같습니다. 인도에서 어려운 여건 속에 사는 사람들을 보고 또 그 곁에서 지내면서, 내가 갖고 있는 기준이 아니라 상대방의 입장에서 돌이켜 생각해 보는 사고방식을 갖게 되었지요. 여러 가지로 부끄럽고, 내가 지금까지 말로만 수행자였지 진짜 수행을 못 했구나 하고 느끼게 되었어요.

여전히 내게는 버려야 할 것이 많습니다. 자기중심적인 사고, 남을 배려하지 않는 이기적인 행동이 내게서 제일 먼저 버려야 할 부분입니다. 소중히 지녀야 할 부분도 있기는 합니다. 투명하고 평온한 마음 같은 것이지요.

●최인호　　저는 가장 먼저 버려야 할 것은 나 자신이며 소중히 지녀야 할 것도 나 자신이라고 생각합니다. 내 소유, 내 편견, 내 지식, 내 위선……. 진짜 내가 아니라 나로 위장된, 본체가 아닌 나를 버려야 하지요. 예수가 말씀하셨듯, 그런 나를 미워하지 않으면 안 되는데 우리는 대부분 가짜의 나조차 사랑을 해요. 제일 먼저 버려야 할 것, 버리지 않으면 내가 변할 수 없는 것임에도 불구하고요.

반면, 마지막까지 소중히 지녀야 할 것은 '진아(眞我)', 나의 진면목입니다. 스님도 말씀하셨지만 그 누군가가 아니라 바로 나 자신일 수밖에 없는 나, 그 무엇이 되고 싶지 않은 나이지요.

제 집사람은 외출을 할 때나 집에 손님이 오면 화장부터 해야 한다고 합니다. 그럴 때마다 저는 남에게 보이는 모습에 연연해할 필요는 없다고 말하지요. 물론 그것에서 쉽게 자유로워질 수 있는 사람은 별로 없을 거예요. 하지만 모든 사람이 남에게 보이는 자기 모습에 온 정성을 쏟고 있다 보니 본래의 '나'가 상실되어 가는 것 같습니다. 내가 남이고 싶지 않다는 것은 온전한 자기, '나'가 된다는 뜻이니까 누구에게나 중요한 얘기입니다. 저도 비교적 그렇게 하려고 노력을 하지요.

제가 아주 좋아하는 이야기가 하나 있는데요. 중국의 선사 중 한 명인 바보 스님은 아침에 일어나면 자기 이름을 부르며 이렇게 말한답니다.

"주인공아, 주인공아, 속지 마라, 속지 마라."

이것이 화두인 셈이지요. 우리는 모두가 자기 인생의 주인공인데 대부분은 조연을 하고 있어요. 권력이나 출세, 만약 알코올 중독자라면 술. 이렇듯 무언가를 자기 앞에 두고 스스로 끌려가는 인생을 살고 있습니다.

법정　　　사람은 저마다 자기의 특성이 있잖아요. 남을 닮으려고 하는 데서 병이 생기는 겁니다. 닮은 것은 복사품이지 창조물이 아닙니다. 사람이 제각각 얼굴이 다르고 목소리가 다르고 눈빛이 다른 것은 이 세상에 단 한 사람으로 초대받은 존재라는 의미인데 왜 남을 닮으려고 하는지 모르겠어요. 각자 자기 특성을, 자기 빛깔의 자기 꽃을 피워야지요.

초여름의 나무는 나무마다 잎의 빛깔이 다릅니다. 떡잎 하나, 나뭇잎 하나가 모두 꽃인 초여름 나무처럼 사람도 각자 자기 빛깔을 지녀야 사회가 건전하게 조화를 이룰 수 있습니다. 그런데 요즘은 대학에서든 어디서든 자꾸 닮으라고만 하니까, 아이들도 자기다운 특성을 펼쳐 보지 못하고 틀에 갇혀서 고생을 하고 있지요. 이런 교육은 잘못된 교육입니다.

●최인호   주인공이 못 되는 것이지요.

●법정   그렇지요. 완전히 소도구로, 부속품으로 전락해 가는
것이지요. 우리의 교육은 사람을 활짝 펴게 만들지 못하고 잔뜩
주눅이 들게 만들고 있습니다. 해외에 나가 보면 학생들 표정이
아주 발랄한데 우리 아이들은 굳어 있어요. 그래서 기회만 되면
술을 마시고 때려 부수고 하는 것이지요.

최인호　어디 교육만 문제이겠습니까? 제가 보기에 현재 우리나라는, 어느 한 부분을 수술하기 위해 개복을 하고 보니 총체적으로 병이 번져 있어 치료할 엄두를 못 내고 다시 덮어 버린 상태 같습니다.

우리나라의 교육은 한 사람의 '난사람'을 위한 교육입니다. 하지만 '된사람'을 만드는 것이 교육 아닙니까? 난사람을 만드는 교육은 수십만의 젊은이를 모두 일류 대학생으로 만들자는 교육이지요. 일류 대학 나왔다고 꼭 출세하나요? 1백 명 중의 한 사람을 난사람을 만들기 위해 99명이 들러리가 되어야 하는데 이런 비인간적인 교육이 어디 있습니까? 모두 난사람이 되려고 하니까 사교육비며 집값이며 난리가 난 것이죠. 이건 가치관의 문제이지 교육 제도의 문제는 아니라고 봅니다.

물론 교육열이 높은 것은 중요합니다만, 그것은 난사람이 아닌 된사람을 만드는 교육이어야지요. 된사람은 1백 명이 다 될 수 있거든요. 이게 교육의 철학이고요. 외국에서는 주로 교육의 역점을 건강한 시민이나 건전한 국민을 만드는 데 두는데 우리는 남보다 뛰어나서 남보다 빨리 출세를 하는, 만인이 일류 대학에 가는 걸 목적하는 교육이 되어 버렸습니다. 그저 남을 짓밟고 뺏는 교육이 되어 버렸으니 무슨 교육 효과가 있고 스승에 대한 존경이 있겠습니까?

우리의 교육은 성품이 결여된 지식만을 가르치고 있습니다. 저는 초등학교 4학년 때 담임이었던 이종윤 선생님을 50년 가까이 지난 지금도 잊을 수가 없습니다. 학기가 끝나고 우등상을 수여할 때였는데 성적이 좋았던 제가 우등상이 아니라 가량상이라는 것을 받게 되었지요. 그때 이종윤 선생님이 그러시더군요.

"섭섭하지? 성적만으로 본다면 넌 분명 우등상감이다. 하지만 너의 조급하고 경솔한 성격은 우등상을 받기에 부족하다. 앞으로는 성격까지도 우등상감이 되어라."

천성적인 조급함은 여전하지만, 그 후로는 마음이 급해질 때 호흡을 가다듬고 한 박자 늦춰 보는 습관이 들었습니다. 선생님께서 제게 우등상이 아니라 가량상을 주신 덕분입니다. 그분은 훈계나 체벌이 아니라 일종의 충격 요법으로 저를 가르치신 셈이죠. 안타깝게도 얼마 전 돌아가셨다는 소식을 들었습니다.

스님께도 인생에 특별한 영향을 미친 스승이 계신가요?

법정　　한 사람의 성장 뒤에는 수많은 사람의 은혜와 영향이 있을 것입니다. 나는 9세기의 선승 임제와 조주 스님을 내 삶에 영향을 끼친 스승으로 들고 싶습니다. 임제 선사에게서는 시퍼런 구도자의 기상을, 조주 선사에게서는 모든 것을 다 받아들인 그 넉넉한 품을 배울 수 있었지요. 『월든』의 헨리 데이비드 소로도 생각나는군요. 홀로 당당하게 살아가는 의지와 불의 앞에 맞선 시민 정신을 오늘의 우리도 배워야 하지 않을까요.

최인호　　저는 가장 큰 스승으로 성경에 나타난 예수를 꼽고 싶습니다. 저는 예수를 신적인 존재나 성인이 아니라 우리와 같은 인간으로 보고 싶은데, 그런 의미에서 예수는 내가 아는 가장 매력적인 사람입니다. 그는 인간에 대한 뜨거운 사랑으로 불타는, 그런 이였지요. 그 외에도 불경 속의 부처나 선승들, 가톨릭의 성인 성녀들이 저를 감동케 합니다. 그들의 이야기를 읽으면 눈에서 비늘이 떨어지는 것 같고 어느 순간 숨이 막히곤 하지요.

말과 글은
그 사람의 삶을 드러낸다

말과 글, 진리에 대하여

법정　30년 가까이 《샘터》에 「가족」을 연재하는 최 선생을 보면서 참 대단하다는 생각이 들었습니다. 나는 쓰다가 말다가 하긴 했어도 《샘터》 덕분에 좋은 인연을 많이 맺었어요. 매개체가 있었으니 내가 그렇게 많은 글을 쓸 수 있었지, 그렇지 않았으면 글을 못 썼을 거예요.

최인호　제가 《샘터》에 연재하는 「가족」을 보고 저희 아이들은 자기네 얘기가 나오니까 처음에는 거부감을 가지더라고요. 「가족」은 소설이기 때문에 백 퍼센트 있는 사실 그대로를 쓸 수는 없거든요.

법정 　글 쓰다 보면 그런 일이 있지요. 사실은 아니더라도 진실하면 됩니다. 사실과 진실은 조금 다르지요. 그런데 진실이 사실보다 더 절절한 것입니다. 진실에는 보편성이 있기 때문입니다. 독자들이 공감하는 것은 다 비슷한 상황에 놓여 있고 자기들 일을 대변해 주는 것이라고 보기 때문 아니겠어요. 진실에는 메아리가 있어요. 역사와 예술 작품이 다른 점이 바로 그것입니다. 역사는 사실의 기록이고 창작 예술은 가능한 세계의 기록입니다.

최인호 　그렇게 말씀해 주셔서 감사합니다. 제가 이전에도 몇 번 스님을 뵈었는데, 그때마다 제게 인상적인 화두를 주셨지요. 어느 날인가는 도반들과 함께 오신 스님께서 앞으로 무엇을 쓸 거냐고 제게 물으셨지요. 막연하게 불교에 대해 쓰고 싶다고 말씀을 드렸는데, 정말 불교에 관한 소설 『길 없는 길』을 쓰게 되었어요.

법정 　『길 없는 길』은 아주 좋은 작품이에요. 자료가 있다 해도 불교계 안에 몸담고 있으면 그런 글을 쓰지 못할 텐데, 최 선생처럼 안목도 있고 재능도 있는 분이 불교계 밖에서 사유롭고 객관적으로 표현해줄 수 있었던 것이지요.

●최인호　　스님께서 그 길을 열어주신 것 같아요. 저는 생각에 앞서 일단 말부터 내뱉는 버릇이 있는데 불교에 관한 글을 쓰고 싶다는 말이 씨앗이 되었어요. 스님께서 이런 말씀도 해 주셨지요?

"마음에서 생각이 나오고, 생각에서 말이 나오고, 말에서 습관이 나오고, 습관이 성격이 되고, 성격이 운명을 이룬다."

저는 이 말을 참 좋아합니다. 좋은 말에서는 좋은 열매가 맺고 나쁜 말에서는 나쁜 열매가 맺겠지요.

법정　　업이라는 게 그런 것입니다. 말과 행동이 업이 되어서 결과를 이루게 됩니다. 강연 요청이 끊임없이 들어오기에 곧 인도에 가게 되어 시간이 없다고, 아무 계획도 없이 그런 말을 했었는데 마침 어느 신문사에서 인도 기행을 청탁해 와 인도에 가게 된 제 경우를 보세요. 말이 씨가 되어요. 그러니 사람은 자기 말에 책임을 져야 합니다.

사람 '인(人)' 변에 말씀 '언(言)' 자로 이뤄진 '믿을 신(信)' 자는 사람의 말이라는 뜻이지요. 사람의 말이란 곧 믿음입니다. 거짓과 사기는 문서가 생기기 시작하면서부터 비롯되었습니다. 문서와 증서가 발달하면서 현대인들은 문자에 의존하게 되었고, 그럴수록 사람 사이의 신의와 믿음이 깨지고 있습니다. 사람의 말이란 무서운 것이고, 그에 책임을 져야 하는데요.

최인호　　네. 말은 참으로 신령한 것이고, 말의 능력이 곧 하느님의 능력이라고 생각합니다. 성경에도 태초에 말이 있었다고 하거든요. 「어느 17세기 수녀의 기도」를 보면 아주 좋은 말이 나옵니다. 이런 식이에요. "주님, 제가 늙어 가고 있는 건 어쩔 수 없지만 제발 말 많은 늙은이가 되지는 않게 해 주십시오."

저도 말 많은 늙은이가 되지는 않았으면 좋겠습니다. 그 수녀는 이런 말도 했지요. "특히 아무 때나 무엇에나 한마디 해야 한다고 나서는 치명적인 버릇에 걸리지 않게 하소서."

이 말도 참 좋더라고요. 지식인이라면 무슨 말이든 한마디 해야 할 것 같은 강박 관념에 사로잡히곤 하지 않습니까? 그러나 말의 양이 아니라 질이 중요하지요. 이제는 말수는 적어도 마음이 실려 있는 말을 하는 사람이 되었으면 좋겠습니다. 유태인 속담에 이런 말이 있지요. '나이가 들수록 말문은 닫고 지갑을 열어라.'

법정　　좋은 말입니다. 나이가 들수록 베풂에, 나눔에 인색하지 않은 사람이 되었으면 좋겠습니다.

최인호　　스님, 요즘 제가 오랜만에 소설을 쓰려고 준비를 하는데요. 공자 얘기입니다. 아울러 우리나라의 이퇴계, 이율곡, 조광조 같은 사람들도 등장을 하지요. 불교와 마찬가지로 유교도 우리나라 민족성의 원형 중 하나라 그걸 쓰려고 하는데, 처음에는 소설을 써야 한다는 원칙만 있을 뿐 오리무중이었어요. 그런데 공부를 하고 자료 조사를 하다 보니 나름대로 길이 생겼습니다. 저도 참 신기해요.

『상도』를 쓴 후 인터뷰를 했는데 책에 나오는 고사성어를 줄거리에 딱 맞게 미리 준비했느냐고 묻더라고요. 그런데 그게 아니거든요. 소설을 쓰다 보면 신기하고 알 수 없는 일이 참 많이 일어나요. 30~40년 전에 들었던 이야기가 소설을 쓰려고 보면 갑자기 그 사람과 연락이 돼서 작품에 나타날 때도 있고 말이죠.

10년 전쯤 성당에서 한 달 동안 피정을 한 적이 있습니다. 영성 수련이라는 어려운 수련이었는데, 하루는 신부님이 "오늘 하루는, 태어나서 지금까지 살아온 과거를 회상해 보십시오."하기에 굉장히 웃기는 숙제를 내 준다고 생각했습니다. 50년 가까이 살아온 인생을 어떻게 단 하루 만에 다 생각해 보겠는가 하고요. 그런데 가만히 생각해 보니까 참 신비한 경험을 하게 되더군요. 이런 말들을 하지요. 사람이 죽을 때는 눈앞에 자기가 살아온 과거가 파노라마처럼 펼쳐진다는. 저는 그 말에 동의할 수 있을 것 같아요. 사람은 누구나 자기의 눈이라는 조리개를 통해 나름대로의 인생 하나를 촬영해 가는 것 같습니다. 육신은 죽어도 살아왔던 궤적들은 뇌리의 필름 속에 남아 있는 것 같아요. 그래서 그것이 죽을 때 파노라마처럼 단숨에 펼쳐지는 게 아닌가 하는 생각을 합니다. 그날 하루 동안 생각해 보니 과거의 일들이 무지무지하게 생생히 떠오르더라고요. 생각하기 시작하니까 마치 시네마 천국처럼 잊었던 부분들이 갑자기 떠오르고 옛날 생각이 선명하게 났습니다.

소설가란 그가 보고 느꼈던 것들을 무의식이라는 창고 속에 들여놓는 사람들이겠지요. 그 양은 물론 엄청나지요. 생각을 시작하면 그 신비한 창고 어딘가에 가서 기억을 끄집어내 오는 것 같습니다. 그랬을 때 그 문장도 빛이 나지요. 플로베르가 모든 사물을 표현하기 위해서는 딱 한 마디 말이 필요할 뿐이라고 했는데 그 말이 맞는 것 같습니다. 햇빛을 표현할 때, 제 머릿속은 60년 동안 경험했던 햇빛의 기억을 끄집어내 오는 것이겠지요. 제 소설을 읽는 독자도 자신이 살아오는 동안 경험한 기억의 창고로 달려가는 것이죠. 그렇게 제가 보여 주려고 하는 장면과 독자가 가지고 있는 장면이 교감 상태에 이른 것을 감동이라고 할 수 있습니다. 플로베르의 말처럼 영감에 의해서 더 정확한 묘사와 정확한 장면의 제시를 할 수 있을 때, 그 소설도 더 생생하게 빛이 날 수 있겠죠. 그것을 상상력이라고 할 수 있고요.

거울을 닦아야 깨끗하게 볼 수 있듯이, 기억의 창고를 제대로 보기 위해서는 늘 닦고 정리해야 합니다. 그렇지 않으면 기억의 회로가 낡은 영화 필름처럼 끊어져 버리지요. 그래서 상상력을 보다 선명하게 하기 위한 부단한 노력이 있어야 합니다. 늘 깨어 있어야 한다는 것과 통하는 말이지요.

법정　　아름다움과 진실을 찾아내어 그에 알맞게 표현하는 창의력이 소설가의 중요한 덕목이라고 여겨집니다. 그런 능력을 갖추기 위해서는 무엇보다 먼저 자기 삶을 진지하게 살 수 있어야 하겠지요. 창조란 진지한 삶을 토대로 이루어지니까요. 모든 글이 다 그렇지만, 소설의 경우도 두 번 읽을 가치가 없는 소설은 좋은 소설이 아닐 겁니다.

2부

백년의 명상
한 마디의 말

"우리는 죽음에 대해 별로 생각하지 않고 준비도 안
하는데, 그런 상태에서의 죽음은 느닷없는 피살과 같
아요. 죽음에 대해 깊이 생각하면 할수록 우리의 인생
은 깊어진다고 봅니다."

남은 생을,
그리고 다음 생을 위하여

—

삶을 대하는 마음가짐

최인호   한때 저도 진심으로 출가하고 싶을 때가 있었습니다. 스님의 글 중에 '계(戒)'를 받은 후 승복을 입고 걸어갈 때 환희심이 넘쳤다는 구절을 읽고 깊은 인상을 받았습니다. 그래서 저도 어느 스님의 승복을 빌려 입고 머리에는 밀짚모자를 쓰고 압구정동 거리를 걸어 보았는데, 내가 전혀 다르게 느껴지더라고요. 아주 독특한 경험이었어요. 승복을 입기 전의 내가 아니었어요.

법정   나도 출가하기 전에 친구와 함께 축성암이라는 절에 간 적이 있는데, 스님은 없고 가사 장삼이 걸려 있기에 한번 입어 봤어요. 옷을 입는다는 것도 업인데, 뭔가 정답고 그 전부터 입었던 옷 같더군요. 그때 친구도 나를 보고 꼭 스님 같다고 그랬어요.

내가 처음 절에 들어가서 스님들 바리때 공양을 봤을 때도 정말 환희심이 일었습니다. 그때 어떤 스님은 내게 삭발을 부탁하기도 했어요. 한국 전쟁 직후라 미군용 나이프를 갈아 삭도로 쓰던 때인데, 나는 생전 처음이었지만 스님의 머리를 아주 잘 깎았어요. 스님도 아프지 않다고 하고. 그래서 '어, 전생에 나는 중이었구나' 하는 생각을 하게 되었지요.

금생의 출가 수행자들은 몇 생을 두고 그 길에서 지내다가 때가 되니 제 발로 절에 들어온 사람들입니다. 신학 대학에서는 정기적으로 학생을 모집하지만, 옛날부터 스님 모집한다는 광고는 없잖아요. 승가 대학이 있긴 하지만 그곳은 이미 승려가 된 이들이 다니는 곳이고, 절에는 다들 제 발로 걸어 들어옵니다. 다 인연 때문이지요. 최 선생도 승복을 입었을 때 생각이 많이 달라졌을 거예요.

●최인호   네. 걸음걸이도 아주 반듯해지고 진짜 자유인 같다는 생각이 들었어요. 비록 출가는 못했지만요.

●법정   전생에 한 번은 거쳤을 거예요. 그러니까 불교 소설도 쓰게 되었지요. 소재가 있다고 해서 아무 작가나 관심을 갖고 쓰는 것은 아니니까요.

●최인호   저는 『길 없는 길』을 쓸 때 행복했어요. 경허 스님이라는 인물에 3년 동안 몰두할 수 있어서 정말 행복했습니다. 처음에는 제목을 '길'이라고 지어 놓고 있었는데 사실 마음에 안 들었어요. 그러던 중 수덕사에서 방을 하나 내주어 거기 누워 있는데 갑자기 '길 없는 길'이라는 제목이 떠올랐지요. 마침 다음날 아침 사고(社告)가 나가기로 했었어요. 그래서 급히 전화해서 제목을 바꿔 달라고 했죠. 그때 참 행복했습니다.

●법정   길 없는 길, 제목이 참 좋습니다. 소리 없는 소리가 있듯이. 불국사에는 옛 설법전인 『무설전』이 있습니다. 법문을 설함이 없이 설하고, 들음이 없이 듣는다는 『유마경』의 내용처럼 길 없는 길이라는 것도 그런 의미이겠지요. 형상이 없는 길. 길이란 집착한다고 해서 생기는 것이 아니니까요.

●최인호　문득 든 생각인데요, 스님께서는 다시 태어난다면 어떤 일을 하고 싶으신가요? 어떤 삶을 살고 싶으신가요?

●법정　그 어떤 틀에도 매이거나 갇히지 않는 자유인이 되고 싶습니다. 오래 익혀 온 업이라 이다음 생에도 다시 수도승 쪽에 서게 되겠지요. 최 선생은 어떠신가요?

●최인호　도를 이루거나 성인이 되면 윤회가 끝나니 다시 태어나지 않아도 되잖아요. 그러니 가장 좋은 일은 다시 태어나지 않는 것이겠죠. 전 다시 태어나고 싶지 않아요. 하지만 만약 다시 태어난다면 지금처럼 글을 쓰며 살고 싶고, 지금의 아내와 결혼하고 싶어요. 저로서는 글을 쓰는 일이 정말 행복하고, 한 사람을 진정으로 아는 데 한 평생만으로는 부족하거든요.
　스피노자가 그랬던가요. 내일 지구가 멸망하더라도 한 그루의 사과나무를 심겠다고요. 저는 죽는 그날까지 붓을 놓지 않는 것이 소원입니다. 그러나 그 붓은 어제 쓰던 낡은 펜이거나 봄날의 김장 김치처럼 군내 나는 것이 아니라 뾰족하게 깎은, 향기로운 새 연필이어야 하겠지요.

법정　　소설 쓰는 일이 힘들어 울기도 한다면서요. 그래도 다시 소설가로 태어나고 싶은가요?

최인호　　네. 저는 작가로서 인정을 받은 부분도 있고 못 받은 부분도 있습니다. 그런데 참 무서운 것은 작품의 일급 독자는 작가 자신이라는 점이에요. 〈자이언트〉란 영화를 보면, 가난한 제임스 딘이 유전을 발견하잖아요. 그때 상대역인 엘리자베스 테일러가 말하죠.

"돈이 세상의 전부는 아니지요."

그러자 제임스 딘이 대꾸합니다.

"있는 사람에게는 그렇겠지요."

숨이 막히게 멋진 대사 아닙니까.『상도』는 3백만 부쯤 팔렸는데 독자들의 사랑도 받고 돈도 생기고 다 좋은 일이지요. 세상에 이름이 알려지고 행복에 겨워서 다시 태어나도 소설가로 살겠다고 하는지도 모릅니다. 제가 "명예가 세상의 전부는 아니겠지요." 한다면 누군가 "있는 사람에게는 그렇겠지요."라고 말할지도 모르고요.

그런데 스님, 카프카라는 그 위대한 작가가 세상의 인정도 못 받고 아주 외롭게 죽었거든요. 하지만 그 당시 수만의, 수천의, 아니 수백 명의 사람이 인정하지 않았다 하더라도 카프카는 천만 군보다 더 무서운, 자기 마음속의 무시무시한 독자, 자기 자신이라는 일급 독자의 만족을 얻었기 때문에 행복했을 거라고 생각합니다. 남의 평가란 게 사실은 별거 아니잖아요. 그건 흘러가는 것이죠. 자기 자신한테 엄격한 게 더 무서워요. 나이가 들면 체력도 떨어지고 꾀도 생기게 마련인데, 저는 정면 승부하는 작가가 되고 싶어요. 다시 태어나도, 지금 이 생에서도 끝까지 창작하는 사람으로 남고 싶고요. 문학상의 심사위원도, 문학이란 무엇인가를 강의하는 사람도 아닌, 글 쓰는 사람으로 사는 일. 저는 창작이 제 남은 삶을 채우길 바랍니다.

법정   참 소중한 꿈입니다. 내게도 꿈이 있지요. 얼마가 될지는 알 수 없지만, 나는 남은 삶을 보다 단순하고 간소하게 살고 싶군요. 그리고 추하지 않게 그 삶을 마감하고 싶습니다.

어지러울수록
깨어 있으라

시대정신에 대하여

최인호　　스님, 제가 청계산에 다니잖아요. 땀을 흘리면서 격렬하게 산을 오르다 슬쩍슬쩍 바라보는 자연이 참 좋습니다. 하지만 내가 자연을 느껴야지, 솔바람 소리를 듣고 나무를 봐야지 하며 일부러 발걸음을 멈추거나 하지는 않습니다.

현대인들이 자연을 잃어버렸다는 스님의 말씀은 옳습니다. 그런데 어떤 논리인지는 모르겠으나 요새는 자연을 느껴야 한다는 강박 관념 같은 게 퍼져 있는 것 같아요. 억지로 자연을 찾아다니다 보면 그게 또 숙제예요. 그저 가까운 산에 가면 되고, 여의치 않으면 집에서 화초라도 키우면 된다고 전 생각하는데요.

법정　　그렇지요. 그게 또 숙제가 되고 스트레스가 될 수 있지요. 그런데 자연은 더 말할 것도 없이 위대한 스승입니다. 자연만큼 큰 스승이 어디 있겠어요. 자연은 사계절의 질서를 어김없이 지키지요. 거기에는 과속도 추월도 없습니다. 그리고 그 모진 추위와 더위 속에서도 묵묵히 참고 기다릴 줄 압니다. 자연은 모든 것을 다 받아들입니다.

이 세상은 함께 사는 곳이지요. 숲 속에 들어가면 나무들 모습이 다 다르고 잎도 다르고 열매도 다르고 꽃도 다르듯이, 제각각 다른 존재들이 함께 사는 것입니다. 이것이 가장 바람직한 생명의 영역이고 생태인데 사람은 자기 위주로 생각해 필요 없다고 가지를 쳐 버리고 또 어떤 나무에는 비료를 잔뜩 주고, 어떤 곤충은 필요 없다며 살충제로 없애 버리고……. 생태의 조화가 깨진다는 것은 건강한 생명력 자체가 훼손된다는 것입니다. 지금 환경 문제가 그렇습니다. 지구는 인간만 사는 곳이 아니잖아요.

골프 좋아하는 사람들한테는 조금 미안한 얘기지만, 우리나라에서는 몇 사람 골프 치기 위해서 자연을 몹시 훼손시키고 있어요. 외국은 땅도 넓고 지형 자체가 평탄해 나무를 베고 불도저로 밀지 않아도 골프하기 좋게 되어 있어요. 우리는 너도나도 골프 선수 하겠다고 온 산을 다 뒤집어 놓는데, 그 밑에서 농사짓는 사람들은 해마다 수해와 살충제 피해 때문에 고생이 말이 아니에요. 소수를 위해서 생태계가 파괴되고 있는데, 그건 행복일 수가 없어요. 행복에는 윤리가 전제되어야 해요. 저 혼자만 잘산다고 해서, 저만 맑고 투명한 시간을 누린다고 해서 행복이 될 수 없거든요. 남들이야 어찌되었든 아랑곳하지 않는 행복이란 진짜가 아니에요.

최인호　　환경문제도 심각하지만 요즘 사람들은 점점 국가나 민족에 대해서 관심을 갖지 않는 것 같습니다.

법정　　세계가 한 동네처럼 좁혀지고 있는 오늘 같은 상황에서는 국가와 민족에 대한 의식도 예전과 다를 수밖에 없습니다. 내 나라 내 민족을 내세우게 되면 다른 나라 민족과 맞서게 되지요. 그보다는 지구촌에 사는 한 사람으로서 어떻게 처신할 것인가가 더 절실한 과제로 여겨지는데요.

최인호　　　제 생각으로는 글로벌 시대라는 지금이야말로 진정한 민족주의를 지향해야 할 때가 아닌가 싶습니다. 그래야 뿌리가 흔들리지 않으니까요. 매일 아침 일어나면 거울에 자신의 모습을 비춰 보듯 우리는 늘 시대의 거울을 들여다봐야 하지 않을까요. 시대의 거울이란 역사이고, 민족의 역사에 대해 아는 일은 자기 자신을 아는 일처럼 굉장히 중요한데 요즘 사람들은 우리 역사에 대해 잘 모르고 있어요. 기독교 윤리를 뛰어넘는, 선비 정신 같은 훌륭한 민족성이 사라져 가고 서구에서 유입된 천민자본주의가 득세하는 것도 내 나라 내 민족, 우리 역사에 대한 무관심에서 나오는 것이 아닌가 합니다.

이러한 시대를 한탄하거나 불만을 토로하는 대신 제가 할 수 있는 일은 글을 쓰는 일일 거예요. 매우 소극적으로 보이지만 그것은 사실 가장 적극적인 방법입니다. 작품 속에 나의 소망을 담는 것, 내가 쓰는 소설의 주제에 근접한 사람으로 변화하는 것, 그것이 작가로서 제가 할 수 있는 일이죠. 다른 사람들에게도 그들만의 몫이 있다고 생각합니다.

그리고 동방예의지국이던 우리나라가 예의를 상실했어요. 사람들이 무례해진 거지요. 이기적이 되고 '우리'가 없어졌어요. 한국 전쟁이 남긴 가장 큰 상처는 동족상잔이라는 경험으로 인한 가치관의 붕괴예요. 미국과 소련의 대리전쟁, 우리의 사상이 아닌 자본주의와 공산주의의 싸움에 엉뚱하게 우리가 동원돼 한민족끼리 총부리를 겨눴던 거지요. 왜 싸우는지도 모르면서 핏줄을 나눈 형제가 서로 죽고 죽인 것이나 다름없었습니다.

군사 독재 시절의 고도성장도 폐해가 큽니다. 물론 공도 있었지만, 오로지 성장이라는 목표 아래 경제 이외의 다른 가치들은 무시되었거든요. 저는 1950년대와 1970년대의 이 두 사건이 지금 우리나라의 부정적인 면에 영향을 끼쳤다고 봅니다.

법정 　　오랜 세월 농경 사회에서 빚어졌던 훈훈한 인정과 아름답던 풍습이 사라져 가는 세태도 정말로 아쉽습니다. 하지만 시대의 경향을 무시한다든가 너무 정체되어 있어서도 안 되지요. 그런 면에서는 나도 반성하는 게 많아요. 옛날의 자로 지금 세상을 재려고 하면 안 되는데 내게도 고정 관념 같은 게 있어요. 자에는 표준이 아니라 탄력이 있어야 합니다. 유교도도 아닌 우리가 공자 왈 맹자 왈 하던 시절처럼 굳어 있어도 세상 발전이 안 될 거예요.

최인호 　　스님, 혹시 컴퓨터 쓰십니까?

법정 　　아니요. 난 아직도 만년필을 씁니다. 나는 전기가 안 들어오는 곳에 사니까 컴퓨터는 못 써요. 시력도 나빠질 테고, 중 방에 쇳덩어리가 있을 걸 생각하니 영 맞지도 않고요. 나는 고색창연하게 옛날식으로 만년필 쓰는 것을 고수합니다. 세상 사람이 모두 컴퓨터를 써도 나는 자주적으로 나가야겠구나 하고 생각해요. 적어도 이 부분에 있어서만큼은요.

●최인호　　제가 스님하고 닮은 점이 그거네요. 지금 글 쓰는 사람 중에 컴퓨터 안 쓰는 사람은 저밖에 없을 겁니다.

●법정　　아마도 그럴 겁니다. 그래서 신문사 같은 데서는 보관용으로 육필 원고를 수집한다고 그러더군요. 요새 손으로 글 안 쓰는 사람들 편지를 보면 괴발개발이에요. 상형문자도 그런 상형문자가 없어요.

●최인호　　필체가 없어지죠. 독특한 개성이 없어지는 거예요.

●법정　　나는 글 쓸 때 볼펜도 사용하지 않는데, 볼펜은 빨리 나가기 때문에 생각이 함부로 손을 따라가거든요. 옛날엔 먹을 갈며 생각을 정리하고 한 획 한 획 붓을 놀리며 책임 있는 글들을 썼는데 요즘 사람들은 손가락이 빨라서 그런지 무책임한 글을 많이 씁니다. 말을 믿을 수가 없어요. 가와바타 야스나리 같은 일본 작가는 자기 작품 『설국』을 붓으로 다시 한 번 쓰곤 했답니다. 사실 원고지에 한 칸 한 칸 글을 쓰고 있으면 마음이 참 편해집니다. 만년필 동기를 만나 반갑군요.

최인호　　사람들은 저보고 원시인이라고 합니다. 컴퓨터를 사용하지 않는 것을 이상하게 생각하는 사람도 많아요. 어떤 방송국에서는 작가 중 컴퓨터를 쓰지 않는 사람은 제가 유일하다면서 취재하겠노라 했던 적도 있습니다. 어떤 괴팍스러운 고집 때문에 그런다고 생각하는데 저는 전혀 그렇지 않아요. 다만 제가 잘 알고 익숙한 것을 두고 굳이 새로운 것을 이용할 필요가 있을까 해서 그러는 것인데요, 일종의 단순화라고 할까요.

컴퓨터를 사용함으로써 제 글이 보다 풍요로워질 수 있다면 그렇게 했겠죠. 제가 운전도 하고 기계치도 아닌데 못할 일도 없지요. 하지만 전 아직도 원고지에 만년필로 쓰는 일이 좋습니다. 고통스럽지만 옛 친구 같거든요. 200자 원고지, 아이구 그거 고통이고 어떨 땐 원수 같아요. 완전히 감옥이지요. 한여름이면 글 쓰기 전에 땀부터 뚝뚝 떨어지고요. 그런데 세상에는 저 같은 원시인도 좀 필요하잖아요. 게다가 컴퓨터로 쓴 글에선 어딘지 컴퓨터 냄새가 나는 것 같아요. 매끈매끈하고 금속성 소리가 납니다. 그래서 저는 젊은 사람들도 먼저 육필로 쓴 다음 나중에 정리만 컴퓨터로 했으면 좋겠다고 생각합니다.

정보도 그래요. 컴퓨터에 정보가 많이 들어 있다지만 뭐 그리 많은 정보가 필요해요. 이미 제가 알고 있는 정보로도 충분한데.

제가 좀 악필이긴 해도, 만년필에 잉크를 채워 넣고 한 자 한 자 글을 쓰는 행위는 늙었긴 해도 아름답고 익숙한 아내를 보는 것 같기도 하고, 다 늙었지만 같은 기억을 공유하고 있는 옛 친구를 보는 것 같은 그런 느낌을 주지요.

화제를 좀 돌려 보지요. 스님, 어느 신문에서 인터뷰하실 때 조주 스님의 "난세야말로 호시절이다"라는 말씀을 인용하셨는데 정말 호시절입니까? 지금 난세인 것만은 분명한데요.

법정　　그래요. 현재는 객관적으로 봐도 난세지요.

최인호   간디는 우리를 파괴하는 일곱 가지의 증상이 있다고 했는데요. 일하지 않고 얻은 재산, 양심이 결여된 쾌락, 성품이 결여된 지식, 도덕이 결여된 사업, 인간성이 결여된 과학, 원칙이 없는 정치, 희생이 없는 종교, 위기의 시대에 인도에서 간디가 한 말이 우리 현실과 다 들어맞으니 기가 막힌 일이죠. 게다가 현대인은 모두 병을 앓고 있어요.

법정   무엇을 갖고도 만족할 줄 모르고 고마워할 줄 모르는 그 끝없는 야망은 분명히 병입니다. 그리고 자기의 존재를 잊어버리고 넘치는 정보의 홍수에 휩쓸려 허우적거리는 것도 분명히 현대인의 병이죠. 아는 것이 많다고 해서 행복한가, 스스로 물어봐야 합니다.

최인호 　단순하지 못함, 복잡함은 분명 현대인의 병인 것 같습니다. 우리를 둘러싸고 있는 사상과 물질이 지나치게 복잡하고 풍부하다 보니 이제는 자기 자신을 찾을 수 있는 방법조차 잃어버렸어요. 진리는 아주 단순한 것인데 말입니다. 목이 마를 때 갈증을 해소하는 방법은 맑은 물을 마시는 일뿐인데 현대인은 술이나 달콤한 음료를 찾지요. 그것은 갈증을 더할 뿐 결코 우리의 마른 목을 적셔 줄 수 없어요.

목이 마를 때 물을 마셔야 한다는 진리는 세월이 흘러도 변하지 않습니다. 그렇듯 신의나 정절 같은 덕목 역시 불변하는 가치입니다. 그러나 현대인들에게 그것은 고리타분한 이야기로 들릴 뿐입니다. 세상이 복잡할수록 우리가 지향해야 할 가치는 단순 명료한데도 현대인은 다양한 논리라는 미명 하에 그 사실을 잊고 있거나 모른 체하고 있어요. 지금이야말로 '진리의 검으로 무장하고 빛의 갑옷을 입을 때'가 아닐까요.

법정　　어지러운 세상이기 때문에 사람이 깨어 있어야 합니다. 너무 태평스러우면 잠이 듭니다. 로마의 멸망 같은 인류 역사를 볼 때도 그렇고, 만약 외환 위기 같은 경제적인 어려움이 없었다면 한국 사람들은 훨씬 더 무력해졌을지도 모릅니다. 그러나 우리는 위기를 통해서 잠재력과 새로운 저력, 기상을 내뿜었지요. 시절이란 것은 반드시 리듬이 있어요. 굴곡은 시절의 소용돌이 속에 들어가면 안 보이는데 멀찍이서 내다보면 다 그 나름대로 의미가 있습니다. 난세는 새로운 도약을 할 수 있는 계기를 마련해 주니까요.

수영을 해 보면 알 수 있습니다. 바다든지 강물이든지 흐름을 따라서 가면 아주 편하지만 수영하는 재미는 없어요. 물살을 약간 거스르며 헤엄칠 때는 몸이 뻐근하면서도 뭔가 에너지가 분출되는 게, 새로운 기력이 생기는데요. 흐름을 따라가면 편하기는 한데, 자기의 새로운 에너지, 잠재력은 개발이 안 되지요. 그와 마찬가지입니다.

●최인호   제가 보기에도 지금처럼 어지럽고 혼란스러운 세상이야말로 정신을 차릴 수 있고 자기의 존재를 자각할 수 있는 절호의 기회인 것 같습니다. 난세일수록 그에 휩쓸리는 물거품이 되기보다는 불변하는 본연의 자세로 돌아가기 좋은 시절이라는 역설적인 얘기가 되겠지요. 대개는 난세일수록 남을 바꾸려 들거든요. 언론 등은 남을, 세상을 변화시키려 하지만 제가 보기에는 난세야말로 자기 자신이 변화하기에 가장 좋은 시절이 아닌가 싶습니다.

'너무 시대를 탓하지 말라, 시대에 의해서 그대의 존재를 망각하지 말라'는 뜻이고 '난세일수록 의식의 촉수를 세우고 홀로 빛나라'는 뜻이겠지요. 현대인들은 사실 무엇이 가장 중요한지를 알고 있는지도 모릅니다. 다만 자신의 게으름이나 어떤 논리에 의해서 제1순위의 가치를 7위쯤으로 가져다 놓는 건 아닐는지요. 문득 그런 생각이 들었습니다.

냉철한 머리보다는
따뜻한 가슴으로

참 지식과 죽은 지식

●최인호　스님께서는 삶의 신선미를 잃어서는 안 된다는 말씀
도 하셨는데 참 좋은 말씀입니다. 그런데 깨어 있어야 인생의 신
선미를 느끼겠죠?

●법정　맑고 투명한 영혼과 정신을 지니는 순간, 바로 그때가
본래의 자아로 돌아간 순간이지요. 하지만 맑고 투명하며 순수
한 의식의 상태는 일상적인 일들에 묻혀 지속되기 어렵습니다.
설사 참선을 한다 해도 화두에 걸려 순수하고 투명한 상태에 이
르지 못하거든요. 화두로부터도 자유로워져야 합니다. 그래야 그
안으로 들어가는 것인데, 종교인들은 교리나 형식 따위에 걸려
종교를 갖지 않은 사람보다 오히려 비종교적인 작태를 보이는 경
우가 흔합니다. 자칫하면 그런 덫에 걸리기 쉬운데 그걸 딛고 일
어서야 합니다.

깨어 있다는 것은 새삼스럽게 눈 비비고 일어날 것도 없이, 자기를 관찰하는 것이지요. 내 화두이기도 한 '나는 누구인가' 같은 문제가 그 깨어 있음에서 나옵니다. 순간순간 자기 자신의 내면을 들여다보면 정신이 잠들 수가 없지요. 다시 말하면 자기 중심이 잡히는 것입니다. 그러다 보면 대인 관계며 자기가 하는 일이 잘못될 수가 없어요. 깨어 있기 때문입니다. 그런 맑고 투명한, 자기를 응시하는 시간을 갖지 못하면 편견이 생겨요. 어떤 이해관계라든가 기존의 고정 관념이 작용을 해서, 순수하게 응시하지 못하게 하고 가치 판단을 흐리게 만듭니다. 그래서 성당에서도 묵상하라, 기도하라 하는데 이런 것들이 자기를 들여다보는 것, 천주님을 통해서 결국은 자기 내면에 잠들어 있는 주님을 일깨우라는 얘기겠지요.

최인호　저도 깨어 있으려고 노력은 하고 있습니다. 최근 일본의 책 중『바보의 벽』이라는 재미있는 책을 하나 읽었는데요. 해부학 교수이고 의사인 저자는, 사람은 다 벽을 하나씩 가지고 있다고 주장하고 있습니다. 그래서 저마다 자기의 벽 속에 갇혀 남을 인정하지 않으려 든다는 것이죠. 해마다 맞는 봄이지만 불치병에 걸렸을 때 보는 봄의 풍경은 정말 다르거든요. 평소에는 바보의 벽에 가로 막혀 그걸 인식하지 못한다는 겁니다. 그 벽을 뛰어넘어야만, 그 벽을 부서뜨려야만 사람은 변화할 수 있고, 남과 대화를 할 수 있다고 합니다.

　저는 우리 민족에게 좋은 화두가 있다고 생각합니다. 바로 심청이 얘기지요. 심 봉사가 공양미 3백 석을 바치고도 눈을 못 뜨다가 왕비가 된 심청이가 벌인 맹인 잔치에 가서 "아이구, 내 딸 청아." 하고 눈을 뜨지 않습니까? 사람은 모두 공양미 3백 석이 있어야만 눈을 뜰 수 있다고 생각하는 것 같습니다. 내가 행복하기 위해서 공양미 3백 석은 있어야 한다는 자기 논리, 그게 일종의 '바보의 벽'이겠지요. 우리의 삶이 정말 맹인 잔치인 것 같습니다. 성경에도 그런 말이 있습니다.

'들을 귀가 있는 사람은 듣고 눈이 있으면 보라.'

심 봉사가 눈을 번쩍 뜨는 것처럼, 그런 눈으로 사물을 바라볼 수 있으려면 오히려 공양미 3백 석을 없애야 합니다.

'지금은 23평에 살고 있지만 30평 아파트를 산다면 행복해질 것이다.'

'우리 남편이 지금 과장이지만 부장이 된다면 행복해질 것이다.'

'우리 아들이 서울대학교에 들어가면 행복해질 것이다.'

그런데 그게 행복의 기준은 아니거든요. 공양미 3백 석이 없어도 뜰 수 있는 눈을 가지고 세상을 바라본다면 우리의 삶은 기적의 연속이지요. 사랑도 첫사랑, 첫 키스가 아름답듯이 사물에 대한 인식을 첫 키스처럼 한다면 우리의 삶은 신선하게 다가오지요. 그렇지 않고 늘 본 풍경이나 늘 본 만화책처럼 인생을 산다면 억울하지요.

마누라의 낡은 고쟁이 같은 게 우리의 인생은 아니잖습니까. 깨어 있으면 심 봉사의 눈뜸과 같은 자아의 발견, 존재의 발견이 가능한 거죠. 그렇지 않으면 김유정의 말처럼 삼류 소설 같은 인생을 살게 되는 거죠. 신비롭고 아름다운, 하나뿐인 우리의 인생을 다 읽어버려 방바닥에 굴러다니는 삼류 소설처럼 산다면 얼마나 슬픈 일입니까. 그런 신선미가 없다면 글을 쓸 수도 없지요. 제가 사랑을 군내 나는 김장 김치처럼 생각한다면 어떻게 사랑 이야기를 쓸 수 있겠습니까.

스님, 지식도 참된 지식과 죽은 지식으로 나누어 볼 수 있겠지요? 어떻게 나누어 볼 수 있을까요?

법정   참된 지식이란 사랑을 동반한 지혜겠지요. 반면 죽은 지식이란 메마른 이론이며 공허한 사변이고요.

최인호   네, 스님 말씀에 공감합니다. 그런데 우리는 참된 지식을 얻기 위해 어떤 노력을 해야 하는지요.

법정　　우리에게 필요한 건 냉철한 머리가 아니라 따뜻한 가슴입니다. 따뜻한 가슴으로 이웃에게 끝없는 관심을 갖고, 그들의 일을 거들고 보살피는 일은 아무것도 하지 않는 박학한 지식보다 훨씬 소중하지요. 하나의 개체인 나 자신이 전체인 우주로 확대될 수 있어요. 그리고 그렇게 되어야 합니다.

최인호 예. 참된 지식과 죽은 지식의 차이란 결국 실천의 문제이군요. 달마가 했던 얘기가 생각납니다. "지식이라는 것은 버리면 버릴수록 본성에 가까워진다."는……. 공자는 또 이런 얘기를 했어요. "안다는 것은, 네가 모른다는 것을 아는 것이다."라고요. 지식이라는 건 문자 그대로 지식, 머릿속에 쌓이는 것이겠죠. 그러나 우리는 지식인이 아니라 지성인이 되어야 하지 않겠습니까.

소위 지식인이라는 사람들은 율법 학자일 가능성이 많아요. 예수를 죽인 사람들은 지식인들이지 지성인이 아니에요. 한마디로 지식인들은 눈먼 자들입니다. 하지만 자기가 누구보다 더 잘 본다고 생각하지요. 차라리 안 보인다고 하면 좋겠는데, 눈을 감고 있음에도 불구하고 잘 보인다고 하니 그게 문제인 거죠. 왜냐하면 그를 따라가는 사람들조차 구렁텅이에 빠뜨릴 수 있으니까요. 소위 사회의 엘리트 계층이라고 하는 사람들이 문제가 많아요. 제가 보기에는 지식인이 가질 수 있는 기본 도덕률조차도 없는 사람들이 지성인인 양 말하고 행동하는데, 그런 사람이 아주 많습니다.

저는 지금이야말로 궤변의 시대라고 생각해요. 2천 5백여 년이 흘렀지만 궤변론자들이 판을 치던 고대 아테네하고 똑같습니다. 궤변의 시대란 난무하는 수사학의 시대예요. 여기 물이 있는데, 말의 연금술사들이 궤변으로 그것을 콜라로 둔갑시켜 논쟁에 승리하는 것이죠. 궤변의 시대란 진실이 없어지는 시대이기도 합니다. 참된 지식이란 깨어 있음인 것 같아요. 우리가 지향해야 할 것은 지식이 아니라 지성, 지식인이 아니라 지성인이겠지요. 문자 그대로 깨어 있는 사람, 지성인이 지식인과 가장 다른 점은 이런 것이 아닐까 싶어요. 남을 변화시키려 하기보다는 스스로 깨어서 변화하려고 노력하는 것. 저는 지성인보다 더 좋아하는 사람이 있는데 '영성인'이라고 할까요. 영적으로 깨어 있는 사람을 존경합니다. 저 자신이 결국은 그런 사람이 되기를 바라고요. 결국 참 지식인이란 지성이란 말도 되고 영성이라는 말도 되는 것 같습니다. 참 지식이 있으면 본래의 마음이 밝아진다는 것이고요. 다 같은 얘기가 아닐까요.

고독을 즐기고
외로움을 받아들이라

고독에 대하여

최인호　　우문입니다만, 스님도 외로움을 느낄 때가 있으신가요?

법정　　그럼요. 사람은 때로 외로울 수 있어야 합니다. 외로움을 모르면 삶이 무디어져요. 하지만 외로움에 갇혀 있으면 침체되지요. 외로움은 옆구리로 스쳐 지나가는 마른 바람 같은 것이라고 할까요. 그런 바람을 쏘이면 사람이 맑아집니다.

최인호 그런데 현대인들은 갈수록 고독을 느낀다고 합니다. 인간 자체는 고독한 존재인데요. 옛날이나 지금이나 사람은 똑같이 외롭고 쓸쓸한 존재이지요. 다만 현대인들이 갈수록 고독해지는 것은 광장에 나와 있기 때문이고 고독을 받아들일 줄 모르기 때문이 아닐까 합니다. 우리는 과거보다 훨씬 복잡한 세계에서 훨씬 많은 일과 부딪치며 삽니다. 고독할 기회가 적다고 할까요. 그래서 인간은 원래 혼자라는 사실을 잊고 살다가 문득 외로워지면 어쩔 줄 몰라 하는 거지요. 쾌락으로 고독을 잊어 보려 하지만 그것은 우리를 결코 위로하지 못합니다.

우리는 참 쓸쓸하고 외롭지요. 군중 속의 고독이지요. 그것이 본질이고 그 속에서 우린 성장할 수 있는데, 현대인들에게는 고독을 회피하게 하는, 잊게 하는 요소가 너무 많아요. 술도 그렇고 도박도 그렇고, 컴퓨터, 먹는 것, 물질, 쇼핑도 그렇고요. 하지만 이런 것들은 고독을 위로해 주는 게 아니라 더 갈증 나게 하는 것이거든요. 고독을 달랠 방법은 없습니다. 그런 방법들은 쓰레기에 불과하고, 거짓이니 속지 말라는 것입니다. 오히려 인간이 고독한 존재임을 받아들이면 그것을 통해 성숙할 수가 있거든요. 쾌락 속에서 성숙하는 건 아니죠. 고독이야말로 우리의 『금강경』이에요.

근래의 영성가 중에 토마스 머튼이라고, 『칠층산』을 지은 분이 있습니다. 가톨릭 교부이지만 불교에도 해박한, 훌륭한 사람인데 고독을 즐기려고 사하라 사막으로 나가 은둔 생활을 하고 돌아왔어요. 그런데 돌아와 하는 말이 "나는 내가 굳이 사막으로 나갈 필요가 없다는 걸 알았다"예요. 내 삶 속에서 광야를 발견하는 게, 우리 삶 속에서 광야를 발견하는 게 필요하다는 뜻이지요.

고독을 달랠 수 있는 방법은 없습니다. 그러니 인간이 고독한 존재임을 받아들이고 우리가 성장하는 길은 고독을 통해서임을 기쁘게 여겨야지요. 죽음에 대해서도 진지하게 생각해 봐야 합니다. 죽음이야말로 고독의 최고 단계이니까요.

법정   맞습니다. 우리는 모두 언젠가는 죽는다는 사실을 받아들여야 하는 것처럼, 우리는 모두 고독할 수밖에 없는 존재라는 사실도 받아들여야죠.

최인호   느릿느릿한 삶, 진정한 여유를 갖는 것도 필요한 것 같아요, 스님.

법정　　그 무엇에도 쫓기거나 서둘지 않는 것, 자신에게 주어진 여건과 상황에 순응하는 것, 그러면서 순간순간 자신의 삶을 음미하는 것, 그것이 느리게 사는 것, 여유 있게 사는 것이 아닐까 합니다. 삶의 귀한 태도이지요.

최인호　　사실 느리게 산다는 것, 진정한 여유를 갖는다는 것, 참 좋은 얘기인데 한편 어려운 얘기예요. 느림의 미학만 예찬하다 보면 자칫 게으름에 빠질 수가 있거든요. 자기의 어떤 본질의 게으름을 '아 여유 있게 살자꾸나'라는 식으로 위장할 수도 있고요. 중요한 것은 음악에서 악곡의 빠르기를 지시하는 말처럼 '빠르게, 그리고 느리게' 살아야 한다는 겁니다.

　　스님도 전에 그 영화 이야기를 하셨는데요, 스티브 맥퀸이 나왔던, 감옥에서 탈출하는 영화요.

법정　　〈빠삐용〉이요?

최인호 네. 〈빠삐용〉에서 스티브 맥퀸이 꿈을 꾸는데 "너는 시간을 허비한 놈이다" 그런 말이 나오거든요. 그 장면이 아주 인상 깊었어요. 시간을 허비하는 것만큼 큰 죄도 없습니다. 참으로 큰 죄이죠. 시간이야말로 최고의 가치이니까요. 느림이란, 여유란 시간의 낭비를 뜻하지는 않을 겁니다. 느림이란 '여유 있게, 침착하게'이되 시간은 허비하지 않는 것, 그러니까 시간을 허비하지 않을 때는 분주해야 된다고 생각합니다.

마치 꿀벌들이 끊임없이 날아다니면서 꿀을 채집하듯이, 우리 의식은 늘 깨어서 인생이라는 기적의 꽃밭에서 꿀을 채집하는 것이죠. 분주하면서도, 사고와 의식은 모든 것을 관찰하는 '느리게'. 그러니까 '느리게'란 '충분하게'라는 뜻이겠지요.

우리가 흔히 하는 말로 우리 민족에게는 '빨리 빨리'라는 안 좋은 습성이 있다 그러지 않습니까. 이거 우리가 꼭 고쳐야 할 성격이라고요. 하지만 전 그렇게 생각하지 않아요. '빨리 빨리'는 우리 민족이 갖고 있는 저력, 에너지, 역동성이에요. 그러니 우리가 이 성격을 버릴 게 아니라 '빨리 빨리'에 '천천히' 혹은 '철저히'를 이식시키는 일이 중요한 것이죠. '빨리 빨리'를 왜 버려야 하나요. 그래도 이게 우리나라를 폐허에서 이만큼 끌어올린 원동력인데요.

최고의 용기는
용서를 구하는 것

베풂과 용서, 종교

●최인호　요즘 사람들은 죽은 물건, 필요 없는 물건만 남에게 주는 것 같은데 살아 있을 때 가진 물건을 나눠야 한다는 스님의 말씀 참 인상 깊게 들었습니다.

●법정　사람도 살아 있을 때 사람 구실을 하듯이 물건도 지녔던 사람이 죽으면 그 빛을 잃는 것 같아요. 살아 있을 때 염주라도 하나 주면 감사히 받는데 물건의 주인이 죽고 나면 뭔가 께름칙하고 선뜻 받게 되지 않더라고요. 그래서 '아, 나도 누구에게 뭔가 주고 싶으면 살아 있을 때 줘야겠구나, 죽은 다음에는 내가 가졌던 물건들도 동시에 빛을 잃고 생명력을 잃게 되겠구나' 하는 생각이 들었습니다.

●최인호　　대개 물건을 준다면 자기에게 불필요한 물건을 주는데 그러지 말라는 그 말씀도 참 좋았습니다.

●법정　　물건이 남아돌아서가 아니라, 정말 그 물건을 좋아하고 그 물건을 소유할 만한 그런 상대가 있으면 주고 싶어지거든요. 내가 늘 하는 소리지만 산다는 것은 나눠 갖는 거예요. 뭐든 원래 내게 있던 것이 아니잖아요. 사람은 누구나 빈손으로 왔다가 빈손으로 가니까요. 나는 베푼다는 말에 상당히 저항을 느껴요. 베푼다는 말에는 수직적인 관계, 주종 관계가 따르는 것 같아서요.

　　한국 전쟁 때 미군이 우리에게 물자를 주면서 굉장히 생색을 냈잖아요. 그것은 진정한 원조가 아니지요. 원조란 상대방이 상처받지 않고 기쁘게 받아들일 수 있도록 해야 하는데 말입니다. 개인과 개인 사이의 나눔도 마찬가지이고요. 교회에서든 절에서든 흔히 베푼다는 말을 쓰는데, 사실은 나누는 것이지요. 진정한 나눔은 수평적인 관계입니다.

최인호　교회에서도 특히 나눔을 강조하는데요. 기독교의 진리 중 나눔에 대한 유명한 이야기가 있습니다. 성경에 보면 사람이 몇 천 명 모여들자 예수가 제자들에게 그 사람들에게 먹을 것을 나눠 주라고 하는데, 제자들은 "우리는 가진 것이 없습니다. 여기는 민가와 너무 멀리 떨어져 있고 우리가 가진 것이라고는 물고기 두 마리와 빵 다섯 개 뿐입니다."라고 말합니다. 그런데도 예수는 "너희가 먹을 것을 주어라." 하거든요.

'여긴 멀리 떨어져 있다' '우리가 가진 것이 없다'라는 제자들의 변명이 아주 재미있는데, 이 말은 사실 우리 입에서 늘 나오는 말이기도 하거든요. 우리는 '시간이 없다', '가진 게 없다'는 이유로 나눔을 실천하지 못하곤 합니다. 하지만 우리는 시간이 많고 가진 게 많기 때문에 나눌 수 있는 것이 아니라 사랑이 있기 때문에 나눌 수 있는 것이거든요. 제가 누군가를 굉장히 사랑한다면, 누가 가르치지 않아도 자연스럽게 나눌 수 있기 때문입니다.

제가 옆집 사람을 사랑한다면 그와 콩 한 쪽이라도 나눠 먹고 싶어지고, 사랑에 빠진 남녀만 보더라도 무슨 할 말이 그렇게 많은지 만나면 시간 가는 줄 모르잖아요. 사랑은 물질뿐 아니라 시간과 노력도 나누게 합니다. 그런 뜻에서 나눔보다 먼저 필요한 것은 '너와 나'의 관계 회복이 아닐까 싶습니다.

옛날 우리 어머니들은 걸인이 찾아오면 그냥 돌려보내는 법이 없었어요. 밥 한 끼, 따뜻한 말 한마디를 꼭 나눠 주셨지요. 불쌍한 사람에게 베푼다는 생각에서가 아니라, 같은 시대를 살고 있는 사람에 대한 공동체적 사랑에서 나온 자연스러운 행동이었지요.

은혜를 베푸는 듯한 태도로는 진정한 나눔을 이룰 수 없다는 스님의 말씀은 옳습니다. 불교에 '무주상보시(無住相布施)'라는 말이 있지요. 대가를 바라지 않고 주는 것이야말로 진짜라고요. 특히 요즘 같은 때 무주상보시의 나눔이란 반드시 실천해야 할 덕목입니다. 이제는 경제 개념이 소유에서 나눔으로 가지 않으면 안 됩니다. 그렇지 않으면 천민자본주의가 되어버리거든요. 나눔이 생색낼 일이 아니라 당연한 일로 여겨져야 하지요.

신년 대담 때문에 김수환 추기경을 만난 적이 있는데 저보고 그러시더라고요.

"최 선생, 이 세상에서 제일 먼 여행이 뭔지 아시오? 머리에서 마음으로 가는 여행입니다."

추기경 말씀처럼 우리가 생각하는 것하고 마음하고는 투 도어(two door) 냉장고처럼 분리되어 있어요. 머리들이야 다 좋지요. 그러나 그것이 마음으로까지 가느냐, 그게 문제겠지요.

그런데 스님, 기독교에서 용서한다는 말도 하잖아요. 진짜 용서한다는 것에 대해서는 저는 요즘 많은 고민과 생각을 하고 있습니다만, 진정한 용서라는 개념에 대해서 스님께서는 어떻게 생각을 하고 계시는지요?

법정　　용서라는 말에는 어딘지 수직적인 냄새가 나요. 비슷비슷한 허물을 지니고 살아가는 중생끼리 누가 누구를 용서할 수 있겠어요. 용서라기보다는 서로가 감싸 주고 이해하고 받아들이는 관용 정신이 필요하지 않을까요. 개인적인 갈등이나 집단적인 대립도 이 관용 정신에 의해서 극복될 수 있습니다. 관용은 모성적인 사랑의 극치라고도 할 수 있어요. 독실한 가톨릭 신자인 최 선생께서는 용서에 대해 어떻게 생각하시는지요.

최인호　　기독교에는 '주님의 기도'라는 가장 기본적인 기도가 있는데, 그중의 핵심이 '우리에게 잘못한 일을 우리가 용서하듯이 우리의 죄를 용서하시고'라는 구절입니다. 우리가 남을 용서하지 않으면 하느님도 우리를 용서하지 않는다는 것입니다. 제가 이것을 오랫동안 생각했고 이를 바탕으로 『영혼의 새벽』이라는 소설도 썼지만 사실은 굉장히 어려운 말이라고 생각합니다. 사람이 사람을 어떻게 용서할 수 있겠습니까? 그건 너무 힘든 일이라고 봅니다. 성철 스님께서 이런 얘기를 하셨죠.

"나는 기독교를 좋아한다. 그러나 이해할 수 없는 한 가지는 바로 용서의 개념이다. 내가 너를 용서할 수 있다니, 어떻게 내가 너를 용서할 수 있겠는가!"

저는 성철 스님의 이 말씀에 동의합니다. 내가 누군가를 용서할 수 있다는 생각은 교만이라고 봅니다. 그럼에도 불구하고 기독교의 기본인 '주님의 기도'에는 우리가 용서하지 않으면 하느님도 우리를 용서하지 않는다는 말이 나오거든요

베드로가 예수에게 "주님, 일곱 번만 용서하면 되겠습니까?" 하고 묻자 예수가 일곱 번씩 일흔 번이라도 용서하라고 그랬습니다. 베드로의 말도 교만이지요. 사람은 일곱 번씩도 용서 못

해요. 그리고 성철 스님 말씀대로 인간이 인간을 용서 못합니다. 용서할 수 있는 존재가 아니거든요. 그런데 예수 그리스도는 왜 일곱 번씩 일흔 번을 용서하라고 그랬을까요. 그 얘기는 무한정 용서하라는 뜻인데 그것이 가능하겠습니까?

그럼 예수 그리스도는 인간에게 지키지 못할 무거운 짐을 안겨 주는 존재인가, '무거운 짐 진 자는 다 내게 오라', '내가 널 편하게 하리라'고 해 놓고 더 큰 짐을 안겨 주잖아요. 이런 의문들에 대해 곰곰이 생각한 끝에 저 나름대로의 결론을 얻었습니다. 예수 그리스도가 십자가에 달려 돌아가실 때 이런 말을 했지요.

"하느님 저들을 용서하소서. 저들은 자신들이 하고 있는 일이 무엇인지 알지 못하나이다."

예수가 십자가에서 남긴 이 마지막 유언을 보고 저는 이런 생각을 했죠. 예수는 "하느님, 저들이 무얼 하고 있는지 모르니 제가 저들을 용서합니다."라고 하면 될 것을 왜 하느님께 용서를 미뤄 버렸는가 말입니다. 제가 보기에 일곱 번씩 일흔 번을 용서하라는 예수의 말씀은 무한정 용서하라는 뜻이 아니라, 용서할 수 없다는 말입니다.

저는 '내가 미워하고 용서할 수 없는 저 사람이 하느님으로부터는 용서받은 존재이다'라는 것을 발견하는 일이 우리가 할 수 있는 용서라고 봅니다. 며느리가 시어머니에 대한 불만과 미움이 가득한데 교회에 가면 용서해야 한다는 말만 들으니 부담감과 상처만 가지고 돌아오게 됩니다. '내가 악마에 씐 게 아닐까' 하는 생각을 가지고 오는 거죠. 예수 그리스도가 우리에게 기쁨과 편안함을 줘야 할 텐데 이렇게 되면 편안함을 얻을 수가 없지요. 그게 아니라 '내가 미워하는 저 시어머니일지라도 이미 하느님으로부터 용서받은 자다' 이렇게 하느님의 용서를 발견하는 게 우리의 용서지요. 그런데 여기에는 '나 같은 사람도 하느님으로부터 용서받을 수 있는 존재로구나'라고 깨닫는 일이 전제가 되어야 합니다. 그게 바로 기독교에서 얘기하는 회개이겠지요. 뉘우침이 전제되었을 때 '나 같은 사람도 용서받았고 내가 미워하고 증오하는 저 사람도 용서받은 존재이니 서로 미워해서는 안 되겠구나'라고 깨달을 수 있는 겁니다. 이때 우리에게 용서의 기쁨이 다가올 수 있죠. 이건 가능한 얘기입니다.

'주님의 기도'는 이런 뜻을 담고 있다고 생각합니다. '우리에게 잘못한 이가 이미 하느님으로부터 용서를 받았음을 우리가 발견케 하시고,' 이게 오히려 우리가 올릴 수 있는 기도입니다. 그렇지 않으면 내가 용서해야 한다는 강박 관념은 끊임없는 죄의식을 안겨 줄 뿐이지요.

용서라는 개념은 기독교의 핵심 사상이고 핵심 교리일 뿐 아니라 우리에게 가장 중요한 도리인 것 같습니다. 저도 실제로 아이들을 키울 때 상처를 참 많이 줬지요. 모든 상처가 가정과 학교에서 나온다고도 하는데요, 부모건 교사건 남에게 잘못했다고 느낄 때는 용서를 구해야 한다고 생각합니다. 제 아들에게 정식으로 '그때 그런 일이 있었는데 내가 정말 잘못한 일이었다'라고 용서를 구한 적이 있지요. 사소한 일인 것 같지만 그렇게 용서를 구하니 엄청난 화해를 이루게 되더군요.

우리나라의 비극은 용서를 구하지 않은 데 있다고 봅니다. 전두환 씨나 노태우 씨가 정말 멋있는 사람들이라면 이런 말을 했어야 하지요. "나는 그때 그게 애국하는 길인지 알았는데 결과를 보니까 내가 정말 어리석은 짓을 했다. 정말 국민들에게 죄송하다"라고요. 끝내 모른 척하는 배짱이 용기가 아니라 용서를 구하는 게 진정한 용기인데 말입니다. 『죄와 벌』을 보면 살인을 한 라스콜리니코프에게 소냐가 '광장에 나가서 대지에 입을 맞추고 살인을 했음을 고백하라'고 말합니다. 이런 식으로 자신의 잘못을 용기 있게 다른 사람들에게 속죄할 때 비로소 성숙한 나라로 나아갈 수 있는 것이지요.

스님, 우리나라 국민 중 기독교 신자, 불교 신자를 합하면 6천만 명이랍니다. 우리나라 인구보다 많대요. 세계적인 종교 왕국이란 말이 사실이죠. 전 세계에서 불교나 기독교, 가톨릭이 이렇게 부흥하는 나라가 없거든요. 물론 외국처럼 극심한 종교 갈등이나 전쟁은 아직 없습니다만, 종교 왕국이라는 우리나라는 정말 비종교적인 것 같습니다. 종교적이라면 우리나라가 이럴 수가 없겠죠. 거기에 대해 한 말씀 해 주시지요. 스님은 기독교에 대해서도 관심이 많으신데요.

법정 　　나 자신도 반성하는 일입니다만, 불교도가 되었건 가톨릭교도가 되었건 그 밖의 다른 종교의 교도가 되었건 가르침의 참뜻을 알아야 하는데 흔히 그 뜻을 왜곡하곤 하거든요. 지금 이 자리에 예수님이 계신다면, 부처님이 계신다면 어떻게 처신하셨을까 하고 미루어 생각해 보면 보편적인 해답이 나옵니다. 그런데 그런 뜻을 모른 채 특정 상황에서 표현된 지엽적인 말씀을 가지고 이러쿵저러쿵 하기 때문에 거기 걸려들잖아요.

　　모든 종교에는 착하게, 이웃을 도와 가며 살라는 보편적인 요소가 있습니다. 그런 보편적인 요소는 무시해 버리고 내가 믿는 종교만이 올바르고 남의 종교는 일고의 가치도 없다고 치부를 해 버리면 문제가 생기는 겁니다. 성서나 불경의 참뜻은 모르고 지엽적인 것에 매달리기 때문에 편견과 고정 관념이 생기지요. 그러니 바른 종교를 갖지 못하는 거예요. 불교 안에서도 마찬가지입니다. 오히려 종교를 갖지 않은 사람은 그런 편견이 없지요.

최인호　　종교를 가진 사람이 신념을 가지면 더 위험해지죠.

법정　　그럼요. 종교 전쟁이 일어나잖아요. 역사상 많은 전쟁이 넓은 의미에서 보면 기독교와 이슬람의 전쟁이었지요.

　종교인의 현실 참여 문제도 그렇습니다. 저마다 자신에게 주어진 몫에 충실하다면 전체적인 조화와 균형을 이룰 수 있습니다. 자신의 할 일을 미뤄 둔 채 남의 일에 시시콜콜 참견하는 것은 별로 좋게 여겨지지 않습니다. 종교인은 우선 종교적인 현실에 진지하게 참여할 수 있으면 됩니다. 그러면서도 국지적인 데서 벗어나고 전체를 살펴보는 눈을 길러야 합니다. 그래야 그 열린 눈으로 이웃을 거들 수 있을 것입니다.

최인호　　폴 클로델의 기도에 이런 내용이 있습니다. "주님, 저에게 바꿀 수 있는 것을 바꿀 수 있는 용기를 주시고 바꿀 수 없는 것은 받아들일 수 있는 평온을 주소서. 그리고 바꿀 수 있는 것과 바꿀 수 없는 것을 분별할 수 있는 지혜를 주소서……."

올바른 분별력은 정말 중요한 것입니다. 베이루트는 중동에서 가장 아름다운 도시였는데 지금은 폐허가 되어 버렸습니다. 그 이유는 기독교도와 회교도 사이의 싸움 때문인데, 기독교인들이 싸우는 이유가 참 웃깁니다. 주님이 이렇게 말씀을 하셨거든요. "내가 너희에게 평화를 주러 온 줄 아느냐, 너희에게 칼을 주러 왔다."

종교를 잘못 받아들이면, 의미를 깊이 묵상하지 않고 문자로만 받아들이면, 올바른 분별력에 의해서 그 뜻을 헤아리지 않으면 엄청난 결과를 초래하게 됩니다. 이 성경 말씀은 박해와 갈등 속에서도 신념을 갖고 행동하라는 뜻인데 문자만 충실하게 해석한 거지요. 칼을 주러 왔다, 불을 주러 왔다고 하니까 회교도에 맞서 전쟁하라는 얘기로 해석해 베이루트처럼 아름다운 도시를 폐허로 만든 겁니다. 성경에도 '눈 먼 사람이 지도자가 되면 모든 사람이 구렁텅이에 빠진다'는 말씀이 있습니다. 종교가 이데올로기가 되면 무서워요. 간디도 희생 없는 종교야말로 나라를 망칠 수 있다고 하지 않았습니까? 우리나라 같은 종교 왕국에서 최소한의 교리에만 충실해도 살인은 없겠지요.

요즘 저는 "아이구, 제발 제가 위선자가 되지 않게 해 주십시오"하고 기도합니다. 며칠 전에 저희 아내와 함께 텔레비전의 어느 종교 방송을 재미있게 보고 났는데 아내가 "저렇게 옳은 말씀을 하시는 저분에게 거짓이 없어야 할 텐데."라고 말하는 겁니다. 그 말을 듣고 많은 생각을 했죠. 저도 마찬가지예요. 한 60년 살다 보니까 올바른 얘기를 할 수도 있겠지만, 과연 그 말에 거짓이 없는가에 대해 저는 아직 자신이 없거든요. 그래도 "거짓 없는 사람이 되도록, 완전히 거짓 없는 사람이 될 수는 없겠지만 다만 그런 사람이 되도록 노력하는 일만은 멈추지 않게 해 주십시오."라고 기도는 하죠. 저는 정말 제가 끊임없이 노력하는 사람이었으면 좋겠어요. 제가 감히 성인이야 될 수 있겠습니까? 다만 그쪽으로 멈추지 아니하고 조금씩이라도 나아갈 수 있는 사람이 되었으면 좋겠습니다.

죽음 또한
삶의 한 과정

죽음이라는 여행

최인호　　스님, 제가 글을 연재한 《샘터》의 슬로건이 '늘 새롭게, 늘 똑같이'입니다. 그런데 무엇을 새롭게, 무엇을 똑같이 해야 할까요?

법정　　늘 새 물이 솟아야 샘의 구실을 하는 것이지, 고여 있으면 그건 웅덩이지 샘이 아닙니다. 그러나 자꾸 퍼내야 하지요. 퍼내야 깨끗한 지하수가, 새로운 물이 흘러나오게 되는 거지요.

최인호　　스님 말씀대로 늘 같은 물이지만 퍼내지 않으면 결국은 썩게 되지요. 사람도 마찬가지겠지요?

172

법정　　농부가 되었든 대학 교수가 되었든 사람이란 탐구하
는 노력이 끝나면 그때부터 늙음과 죽음이 시작되는 것입니다.
꼭 책보고 논문 쓰는 게 아니라 인간사를 진지하게 들여다보며
반성하고 새롭게 시작하는 것이 탐구이거든요.

최인호　　용문사에 우리나라에서 제일 큰 은행나무가 있잖아
요. 그게 천 년이 넘었는데 아주 감동적인 것이 여전히 자라고
열매를 맺고 있다는 사실입니다. 그런데 대부분의 사람은 조금
만 나이를 먹으면 성장이 멈춰 버리는 병에 걸리지 않습니까?

법정　　육신의 나이를 의식하는 자체가 벌써 늙음입니다. 사람의 명이란 것이 한정되어 있는 게 아니지요. 갓 태어나 갈 수도 있고 열 살 살다가 가는 수도 있고, 요즘에는 사건 사고가 많기 때문에 제 명대로 사는 경우가 드물지요.

인도식 인생관으로 생각하자면 우리의 육신이란 잠시 걸치고 있는 옷일 뿐입니다. 육신에는 세월이 있을망정 영혼에는 나이가 없기 때문에 영혼의 나이를 생각하며 산다면 지금 'ABC'부터, '하늘 천 따 지'부터 시작해도 되는 겁니다. 내가 이 나이에 뭘 하겠느냐고 생각하는 것은 스스로 성장을 포기하는 일이지요.

동서고금의 위인들 생애를 보면 늘 새로워지려고 노력하고 죽는 그날까지 탐구를 멈추지 않았어요. 그런데 우리는 일찌감치 틀에 갇힌 채 '내 나이가 벌써 불혹이구나', '고희인데' 하는 생각으로 자신이 갖고 있는 충분한 잠재력을 포기합니다. 아인슈타인도 그런 말을 했지요? 어떤 천재도 자기 능력의 2퍼센트밖에 쓰지 않는다고 말입니다.

최인호　　그렇다면 스님, 스님께선 어느 책에서나 죽음이 무섭지 않다고 하셨는데 정말 무섭지 않습니까?

법정　　실제로 죽음이 닥치면 어떨지 모르겠지만 지금 생각으로는 그렇습니다. 우주의 질서처럼, 늙거나 죽는다는 것은 아주 자연스러운 일이지요. 죽음은 나무가 자라는 것처럼 자연스러운 일이거늘, 육신을 자신의 소유물로 여겨 소유물이 소멸된다는 생각 때문에 편안히 눈을 못 감는 것이지요.

죽음을 삶의 끝으로 생각하면 안 됩니다. 새로운 삶의 시작으로 생각할 수 있어야 합니다. 이런 생각들이 확고해지면 모든 걸 받아들일 수 있어요. 거부하려 들면 갈등이 생기고 불편이 생기고 다툼이 생기는데, 겸허하게 받아들이면 편안해집니다.

최인호　　적극적으로 받아들이는 것이 중요하겠지요.

법정   죽음을 받아들이면 사람의 기량이, 폭이 훨씬 커집니다. 사물을 보는 눈도 훨씬 깊어집니다. 표면을 통해서 심층까지 들여다볼 수 있게 되는 것이지요.

이 세상에 영원한 것이 어디 있겠습니까. 사람도 살 만큼 살았으면 그만 물러나야지요. 사람이 만약 2백 년, 3백 년씩 산다고 가정해 보세요. 얼마나 끔찍한 일입니까. 나무는 해가 묵을수록 기품이 있고 늠름해지지만, 동물인 사람은 나이가 들수록 세월의 풍상에 씻겨 추해집니다. 그만 몸을 바꾸라는 소식 아니겠어요? 때가 되면 폐차 처분하고 새 차를 갖듯이 말입니다. 이렇게 생각하면 죽음이란 조금도 두려워할 것 없는 지극히 자연스러운 일이에요. 대신 내가 지금 이 순간순간을 얼마나 나답게 살고 있는지가 우리의 과제이지요. 현재 주어진 시간과 에너지를 어떻게 쓰고 있느냐, 또 이것이 이웃에게 어떤 영향을 미치고 있느냐를 늘 생각해야 합니다.

죽음 앞에서 두려워한다면 지금까지의 삶에 소홀했던 것입니다. 죽음은 누구나 겸허히 받아들여야 할 자연스러운 생명 현상입니다.

최인호 우리 육신의 나이는 있지만 영혼의 나이야 영원 아니 겠습니까? 시작도 없고 끝도 없겠지요. 불교에서 말하듯 천지미 분전(天地未分前)부터 내려오고 부모미생전(父母未生前)부터 내려온 영혼인데, 기독교에도 표현이 다를 뿐 '한 처음'이라는 같은 의미 의 말이 있습니다. 아버지의, 아버지의, 아버지가 없으면 우리도 없지요.

하지만 스님, 저는 죽음이 두렵습니다. 두렵기 때문에 죽음이 아닐까요? 오죽하면 키에르케고르는 "우리는 태어난 순간부터 병을 앓는다, 그것이 죽음에 이르는 병이다"라고 했겠습니까. 죽음이란 누구도 피해 갈 수 없는 병이지요. 어디서 와 어디로 가는지 모르는 인생이지만, 죽음이 있기 때문에 인생이 의미 있어지는 것 같습니다. 모든 철학과 삶이 사고, 행동, 그 밑에는 죽음에 대한 공포가 있어요. 죽음이 무엇인지 알 수 없기 때문에 생기는 공포이겠지요. 죽음은 피할 수도 없고, 상상할 수도 없는 것인데 저는 오히려 죽음으로써 우리 인생이 완성된다고 봅니다.

불교에는 죽은 후의 자기 모습을 생각해 보는 '고골관(枯骨觀)' 이라는 것이 있다지요. 저도 가끔 죽음을 생각해요. 특히 생각이 몹시 예민해지는 새벽에 죽음을 생각하면 굉장히 절실하게 다가와요. 소설에서는 제가 주인공을 참 많이 죽였는데, 지금까지 제 죽음은 별로 생각해 본 적이 없었지요. 고통스러우니까요.

침묵의 수도로 유명한 트리피스 수도원에서도 한 가지 말은 허용된다고 합니다. '메멘토 모리', 죽음을 기억하자는 말이지요. 수도사들이 서로 만나면 "형제여, 우리가 죽음을 기억합시다"라고 말한답니다. 얼핏 들으면, 삶을 얘기해야 하는데 왜 밤낮 죽음을 기억하자는 얘기를 하는지, 재수가 없다고 생각할 수도 있지요. 그렇게 우리는 죽음에 대해 별로 생각하지 않고 준비도 안 하는데, 그런 상태에서의 죽음은 느닷없는 피살과 같아요. 죽음에 대해 깊이 생각하면 할수록 우리의 인생은 깊어진다고 봅니다.

현대인들은 죽음을 불길한 것으로 여기면서 즉흥적이고 찰나적이며 현실적인 것에만 가치를 두고 있지요. 죽음을 잠시 저쪽에다 방치해 놓고, 마치 없는 것처럼 생각을 안 하고 있으니까 어느 날 갑자기 죽음의 문제가 내 앞에 닥쳐왔을 때 당황하고 마치 피살당하는 것처럼 죽게 되지요. 물론 죽음이 나의 문제로 다가올 때는 두렵고 고통스럽기만 합니다. 그럼에도 불구하고 죽음이 나에게 왔을 때 통곡하고 분노할 것인가, 아니면 두려움에 떨 것인가, 죽음에 대해 좀 더 자주, 깊이 생각하려고 합니다.

스님, 이제 대화를 마쳐야 할 시간이 된 것 같군요. 오늘 참 좋으신 말씀 감사합니다.

법정　　나도 모처럼 최 선생을 만나 부담 없이 허심탄회한 얘기 많이 나눴습니다. 고맙습니다.

최인호　　매화차도 향기롭고 풍경 소리도 좋고, 스님 말씀 들으니 정말 좋습니다. 감사합니다.

나오는 글

스님과 정담을 나누던 요사채를 벗어나 나는 뒷길로 천천히 걸어 내려오기 시작하였다. 화학 치료를 한 지 며칠 후였으므로 몸이 몹시 피로하였으며 구역질이 계속 치받고 있었다.

잘 알려진 바와 같이 법정 스님은 근대 불교계의 큰 어르신이 셨던 효봉(1888~1966)의 애제자였다.

효봉은 어렸을 때부터 신동으로 알려졌던 법기로, 우리나라 최초로 법관이 되었다. 36세가 되던 어느 날 독립운동을 하다 체포된 조선인에게 사형 선고를 내린 후 삶에 대해 큰 회의와 갈등을 이기지 못하고 집을 나와 엿장수를 하며 3년간 방랑 생활을 하다가 비교적 늦은 나이인 38세에 불문에 귀의하셨던 늦깎이셨다. 법정 스님이 출가를 결정하고 여부를 묻자 효봉 스님은 생년월일을 묻고 간지를 짚어 본 후에야 이를 허락하였으며,

훗날 새로 출가한 법정 사미만을 데리고 지리산 쌍계사 탑전(塔殿)에 가서 수행에 몰입할 만큼 법정을 각별히 아꼈다고 전해지고 있다.

그때의 일화 중에 한 토막.

어느 날 아침 공양 후 우물가에서 설거지를 마치고 돌아오자 효봉 스님이 법정 사미를 부르며 빈 그릇하고 젓가락을 가져오라고 호통을 쳤다고 한다. 법정 사미가 그릇과 젓가락을 가지고 우물가로 가자 효봉 스님은 설거지를 하며 버린 밥알과 시래기 줄기를 주워 담은 후 법정 사미가 보는 앞에서 밥알과 시래기를 물로 씻은 후 훌쩍 한 입에 들이마셨다고 한다. 그러고 나서 이렇게 말하였다고 한다.

"출가해서 수도하는 사람이 무슨 일이든 아끼고 절약해서 시주한 사람의 은혜에 보답해야 한다. 가난하게 사는 것이 부자 살림이고 되도록 몸에 지니지 않는 무소유야말로 참으로 전부를 갖는 것임을 깨달아야 한다."

법정 스님의 철저한 무소유는 바로 스승이셨던 효봉으로부터 물려받은 정신적 유산. 그러나 법정 스님은 무소유마저 무소유해야 한다는 것을 정녕 몰랐단 말인가. 십자가의 성 요한이 말했던 대로 '모든 것을 얻기에 이르려면 아무것도 얻으려 하지 말라'는 역설의 진리를 깨치지 못했던 것일까.

"서쪽 보세요."

함께 언덕길을 내려오던 함 군이 손가락으로 담장 너머로 우거진 덤불을 가리키며 말했다.

"꽃이 피었네요."

예민한 함 군은 내가 그토록 어서 봄이 와 꽃피는 것을 기다렸던 속마음을 짐작하고 있었음일까.

"어디, 어디?"

나는 동지섣달 꽃 본 듯이 넝쿨 쪽으로 서둘러 다가갔다.

"여기요, 노란 꽃이요."

과연 함 군의 손끝에는 작고 노란 꽃이 행주치마 입에 물고 입술만 방긋거리듯 수줍게 피어 있었다.

"이 꽃 이름이 뭔지 아세요?"

꽃에 조예가 깊은 함 군이 말했다.

"노란 꽃 빛깔 때문에 금으로 만든 허리띠, 즉 금요대(金腰帶)라고 부르는데 보통은 영춘화(迎春花)라고 불러요."

"영춘화라면……."

"이름 그대로 '봄을 맞이하는 꽃'이지요. 꽃 중에서 제일 먼저 피는 꽃이에요. 설중사우(雪中四友)라고 하여서 눈을 맞으며 피는 이른 봄, 조춘(早春)의 대표적인 꽃이에요."

나는 그 모진 한파와 눈보라 삭풍을 이기고 그토록 목 놓아 기다리던 꽃으로 살아 돌아와 준 누이와 같은 노란 색깔의 영춘화를 어루만졌다. 눈가에 눈물이 흘렀다.

아가야. 나는 노란 꽃잎을 보면서 소리 내어 중얼거렸다.

너도 그토록 봄을 기다렸느냐. 그리하여 영춘화가 되었느냐. 나 또한 봄을 기다렸다. 그래서 나 또한 영춘화가 되었다. 네 피어난 대견한 모습에 아가야, 색동옷을 입혀 주랴, 연지곤지 찍어

주랴, 돌상을 차려 주랴, 꽃반지를 끼워 주랴.

순간 내 머릿속으로 성 프란치스코 살레시오 성인의 금언이 떠올랐다.

"꽃잎은 떨어지지만 꽃은 지지 않는다."

아가야, 그렇다. 꽃잎은 해마다 피고 떨어지지만 꽃은 영원히 지지 않는다. 법정이란 이름의 그대는 꽃잎처럼 떨어졌지만 하늘과 땅이 갈라질 때부터 있었던 본지풍광(本地風光)과 부모가 태어나기 전부터 있었던 그대의 진면목(眞面目)은 영원히 사라지지 않는다. 잘 가십쇼, 큰형님. 법정이란 허수아비의 허물은 벗어 버리고 지지 않는 꽃으로 성불하십시오.

"가세."

나는 함 군에게 말하였다. 우리는 나란히 언덕길을 내려왔다. 그 언젠가 대담을 마쳤을 때 법정 스님은 웬일로 나를 관세음보살상 앞까지 바래다주었다. 가톨릭의 성모 마리아상을 닮아서 화제가 되었던(실제로 이 관세음보살상을 조각한 사람은 독실한 가톨릭 신자인 최종태 씨다) 관세음보살상 앞에서 우리는 나란히 사진까지 찍었던 것으로 기억된다.

나무아미타불 관세음보살.

보살상 앞에서 나는 합장을 하고 송주하였다. 아직 TV 방송국 카메라는 경내 이곳저곳을 스케치하고 있었다. 일주문을 벗어나려다 말고 나는 고개를 돌려 관세음보살상을 다시 보았다. 그곳에서 누군가 손을 흔들고 있었는데 얼핏 보면 생텍쥐페리가 쓴 '어린왕자'의 모습 같기도 하였다. 그렇다면 법정 스님이 어린왕자의 환영으로 부활하였단 말인가.

스님은 생전에 『어린왕자』란 책을 읽었을 때의 감동을 표현한 적이 있다.

"『어린왕자』란 책을 처음으로 내게 소개해 준 벗은 이 한 가지 사실만으로도 한평생 잊을 수 없는 고마운 벗이다. 너(어린왕자)를 대할 때마다 거듭거듭 감사하지 않을 수 없다. 지금까지 읽은 책은 적지 않지만 너에게서처럼 커다란 감동을 받은 책은 많지 않았다. 그렇기 때문에 네가 나한테는 단순한 책이 아니라 하나의 경전이라 하더라도 조금도 과장이 아닐 것이다. 누가 나더러 지묵으로 된 한두 권의 책을 선택하라 한다면 『화엄경』과 함께 선뜻 너를 고르겠다."

그러고 나서 법정 스님은 『어린왕자』에 대해 이렇게 노래한다.

"어린왕자, 너는 죽음을 아무렇지도 않게 생각하더구나. 이 육신을 허물로 비유하면서 죽음을 조금도 두려워하지 않더구나. '삶은 한 조각 구름이 일어나는 것이요, 죽음은 한 조각 구름이 스러지는 것(生也一片浮雲起 死也一片浮雲滅)'이라고 여기고 있더구나. 이 우주의 근원을 넘나드는 사람에겐 죽음 같은 것은 아무것도 아니야. 죽음도 삶의 한 과정이니까. 어린왕자, 너의 실체는 그 묵은 허물 같은 것이 아닐까. 그것은 낡은 옷이니까. 옷이 낡으면 새 옷으로 갈아입듯이 우리의 육신도 그럴 거야. 그리고 네가 살던 별나라로 돌아가려면 사실 그 몸뚱이를 가지고 가기에는 거추장스러울 거다. 그건 내버린 묵은 허물 같을 거야, 묵은 허물. 그것은 슬프지 않아. '이봐, 아저씨. 그것은 아득할 거야. 나도 별들을 쳐다볼래. 모든 별들이 녹슨 도르래 달린 우물이 될 꺼야. 모든 별들이 내게 물을 마시게 해 줄 거야.'"

법정 스님은 30대 말에 쓴 「미리 쓰는 유서」에서 이렇게 유언을 남기고 있다.

"육신을 버린 후에는 훨훨 날아서 가고 싶은 곳이 있다. 어린 왕자가 사는 별나라 같은 곳이다. 의자의 위치만 옮겨 놓으면 하루에도 해지는 광경을 몇 번이나 볼 수 있다는 아주 조그만 그런 별나라. 가장 중요한 것은 마음으로 봐야 한다는 것을 안 왕자는 지금쯤 장미와 사이좋게 지내고 있을까. 그런 나라에는 귀찮은 입국사증 같은 것도 필요 없을 것이므로 한번 가 보고 싶다."

그럴 리가 없다고 나는 관세음보살상을 돌아보며 머리를 흔들었다. 내가 본 것은 봄볕에 아롱이는 신기루였을 것이다. 우리 곁에 왔었던 법정, 인간 박재철은 오두막집에 자기 손으로 만든 빠삐용 의자를 갖다놓고 하루에도 몇 번씩 의자를 바꿔 가며 해지는 광경을 보던 어린왕자의 환생이 아니었을까.

어린왕자 법정은 이제 고향인 별나라로 돌아가고 모든 별들이 녹슨 도르래 달린 우물이 되어 퍼 올리는 생명수를 마시고 태생부터 갖고 있던 억겁의 갈증을 채울 것이다.

나는 비틀거리며 봄빛이 가득한 언덕길을 올라갔다. 어쨌든 꽃이 피면 같이 웃고 꽃이 지면 같이 울던 알뜰한 헛맹세에. 어느 날 봄날은 오고, 그리고 봄날은 언젠가 갈 것이다.

나무 옆 사각으로 만든 울타리에 법정 스님의 유해를 모셨다.

꽃잎이 떨어져도
꽃은 지지 않네

법정과 **최인호**의 산방 대담

1판 1쇄 발행   2015년 3월 1일
1판 14쇄 인쇄   2020년 5월 4일

펴낸곳 | 여백출판사
등록 | 2019년 11월 25일 제2019-000265호
주소 | 서울시 성동구 한림말길 53, 4층
전화 | 02-798-2368
팩스 | 02-6442-2296
이메일 | iyeo100@hanmail.net

ISBN 979-11-968880-0-8 (03810)